U0068485

歸人絮語

陳玉琳 著

推薦序　紫薇叢中伊人來

韓秀

　　紫薇是很普通的花樹，或淺紫或洋紅，美國東岸隨處可見。人們樂意在房前屋後栽種，因為她好養，花期又長；商圈裡，紫薇也常是行道樹，還是因為她好養，花期又長。

　　同玉琳相識是二○一六年的秋季，我們同在一條郵輪上，白天開會在一道，晚上我們還在同一間艙房裡，一塊兒聽海浪拍打船舷的聲音，或閉眼假寐或沉沉睡去。我在船上有一場講演，之前，玉琳並不問，只是跟我談寫作，從選題、結構布局、遣詞造句到標點符號，無所不問，但就是不問我將要講些什麼，這讓我高興。因為我的演講一向是有了主題之後現場即席發揮，同樣內容絕不講兩回，若是私下已經說過一次自己先就沒了興趣，等到了眾人面前還得另起爐灶。玉琳善解人意，不打聽，我便可輕鬆上陣。

　　郵輪結構複雜，這裡喝茶、那裡吃飯、第三處開會，第四處看海，第五處借閱圖書，上樓下樓左拐右轉，常常不知身在何處。身邊有玉琳，該上就上，該下就下，她說往東我不會鬧著要往西，如此這般，郵輪上幾天沒有多走一步冤枉路。演講前一天，不慎坐在送風口下，肩背痛到不能動。我是極能忍痛的，又是言必行的偏執狂，答應了人家的事情只要一息尚存絕不黃牛，於是心下煎熬，看樣子要帶傷上陣了。玉琳善於察言觀色，看我

不對勁出聲詢問，我只好從實招來，她馬上動手熱敷按摩一番，手到痛除，自此改了稱呼，我喚她陳大夫，她笑而不答。

　　搭乘郵輪還有機會下船逛逛，地方雖小土產卻多，尤其是手工藝品就地取材都是名不見經傳的石頭做成的飾品，粗礦、古樸、說不盡的飽經風霜，自有一份迷人的韻致。手捧一串石頭項鍊不忍放手，玉琳在身邊幽幽一句：

　　「……看見石頭就走不動路……」正中下懷，買了握在手裡這才安心。

　　從溫哥華到聖地牙哥沒有多遠，郵輪靠岸，我同玉琳一道吃了船上最後一道早餐，依依惜別，再見面是十三個月以後。

　　一年未見人，卻常看她寫的文章。

　　在台灣眷村長大的玉琳走過千山萬水，落腳平坦空曠的美國北德州，沒有過客心態，鄉愁也稀薄，有相當的歸屬感，這與她的同理心、同情心分不開。搭乘火車，有人送花給同車的女士，別人得到餽贈道謝一番也就夠了，玉琳卻要尋根究底，於是我們看到買花青年的愛心以及賣花老婦的美麗。人間多艱難、多困厄，全然不識的人們帶給彼此的美好格外令人喜慰。

　　當年眷村時代，來自五湖四海的鄰里同呼吸共命運親密等同家人，年節期間更是熱鬧滾滾，成為離鄉遊子們最常憶起的美好；玉琳卻有本事在貓狗之聲相聞老死不相往來的美國把鄰居變成每年感恩節一定要餐聚的「家人」。倚仗的不僅是古道熱腸，更是對不同文化的尊重與理解。

　　玉琳國文系出身，在台灣擔任教職多年，人生路上起起伏伏，遇到心情的低谷，以一曲〈將進酒〉自勉。在美國生活、經商、相夫教子，又速速習得西方文化中的理性、自信、獨立，加

上天性中的熱忱，嚴於律己寬以待人，自然如魚得水。

　　時代更迭、命運不可預知造成多少離異、無奈、遺憾與痛悔，玉琳遇事遇人常常奮不顧身前往相助，聽不到她張揚，只見她勉力而為，為旁人排憂解難不遺餘力。更難得的是，她從旁人的成功得到學習，從旁人的挫折悟到警惕。

　　無論人間世多麼險惡，多麼匪夷所思，大自然永遠是美好而慷慨的。玉琳無論走到哪裡都是驚喜連連而且急不可待將她所看到的美好與讀者分享。

　　文字結集出書是喜事，玉琳要我為她寫幾句話，我的面前便晃動起一個倩影，紫薇叢中那一朵誠摯、溫暖的笑靨，而且我確信，那份美麗自然天成而且長長遠遠。

　　　二〇一八年二月十四日情人節於美國北維州維也納小鎮

自序　再次的喜悅

　　經過七年，我終於出版第二本書了，這七年中有三年我沒好好寫作，因為得了青光眼。我曾擔心自己會失明，但當病情穩定後，我的心情卻呈現兩極化，既想在保住視力後寫下更多見聞與感動，又擔心荒廢數年後無法寫出滿意的篇章，幸好家人與文友不斷鼓勵我，使我又拾回寫作信心。去年底協助幾位文友出書後自己也有強烈出書意願，加緊寫了一陣子後算算已夠再度出書，心中不免有些激動。

　　最近這兩年我的寫作之路並不順利，總覺得自己多年筆耕所栽種的這株樹苗扎根太淺難成大樹，卻又不知如何著手改進。幸好我因擔任北德州文友社社長並負責在達拉斯華文報上主編〈北德州文友社專欄〉，常須刊登名家大作，時時拜讀優良佳作是開拓我寫作視野的重要關鍵，逐漸地我學習縝密構思並去蕪存菁焠鍊文字後，更有信心地在鍵盤上敲打出較有深意的篇章，希望小樹能根深葉茂，就在這種自我期許的意念中我的創作興趣更加濃厚。

　　青光眼手術後我的視力逐漸穩定，從那時起為保護眼睛我多以閱讀紙本書來取代上網閱覽，閱讀後的掩卷沉思總讓我感受到心底那份深厚的感動，日積月累遂成為一股逐漸增強的創作欲望，就在不知不覺中我生活裡的寫作素材增加了，輕鬆下筆順利成篇。寫作樂趣令我十分欣悅，投稿不斷被刊出更是另一種鼓勵，至此我的創作數量增加，也意識到寫作不僅可充實生活，且

能穩定身在異鄉的漂泊情緒，因而更專心寫作。

　　也就在此時，我發覺半生經歷中有許多特殊故事值得一書，而我熟悉的散文體裁無法細膩表達人物形貌與故事細節，於是我嘗試寫小說。可惜閉門造車終難成篇，幸得熱心前輩指點，我大膽嘗試的習作漸露雛形，學習改進的過程非常充實，年過花甲的我常因些許進步而雀躍，箇中情趣對我又是另一層的鼓舞，終於決定要將這幾年的學習成果再度付梓。

　　二〇一七年底決定要出版第二本書時，正是我旅居美國滿二十二個年頭的當口，離鄉二十餘載感觸良多，回首來時路我走得興味盎然，遍遊美國各地後離愁已漸被歸屬感取代，於是決定以《歸人絮語》為此書名。又想到這次出書要改進七年前首次出書的疏失，出版第一本書時缺乏經驗，未將目錄分類致使篇章排列顯得無序，如今出版第二本書我做了改進，將目錄分為五類。「山水情懷」中收錄了十一篇遊記，是我這些年到各處遊歷的實錄，我珍惜與山水結下的每份情緣，更以極歡喜的心情將它們集結成書。「親情」這部分雖僅有四篇短文，卻記錄了我與家人最美好的互動，因著這份美好，為此書增添溫馨情。「我聞・我見・我思」是全書篇章最多的部分，共二十一篇真實紀錄，記下我的生活感觸與見聞，更有許多友情的緬懷與俗事的觀感。我真開心用文字記下曾在我心中出現過的珍貴感受，它們都曾豐富我過往的生活，如今因此書的集結而留住我曾經的感受，這種感覺真美好。「文思的啟迪」這十篇心得報告，是我真實的學習感受，我自幼的庭訓止是要不斷學習，自然不會停滯於這為數不多的學習心得中，定會繼續追求進步。「憶故人」是全書篇章最少的部分，僅有三篇，卻是我最費心力之處。如這篇〈小嬸

秋吟〉，是我初次嘗試以短篇小說的方式來書寫人物，修改多次才定稿，卻在其間獲得極大樂趣，也建立繼續書寫短篇小說的信心。

一本書的完成除個人的努力外定還須助力，我這本文集也不例外，除得到家人與朋友的鼓勵，還特別要感謝亦師亦友的韓秀姐，這二年我在她的指導下學習到許多寫作技巧，更感謝她在得知我要出書後特為我寫推薦序作為鼓勵。

謹於此書付梓前記下我成書的心路歷程。

二〇一八年二月二十五日於達拉斯寓所

CONTENTS

| 輯一 | 山水情懷

┃輯二┃ **親情**

┃輯三┃ **我聞‧我見‧我思**

| 輯四 | 文思的啟迪

| 輯五 | 憶故人

輯一

山水情懷

火山紀行

　　冰島最活躍的格里姆火山，二○一○年曾發生近百年來最大的爆發，二○○九年四月艾雅法拉火山爆發後，所造成歐洲空中交通癱瘓的情形又再度回到我記憶中。從未接近火山的我，四月初剛從哥斯大黎加旅遊歸來，哥國錢幣上刻印的三個火山，我去了兩個，對於火山，我開始有另一層認識。

　　到哥國的第三天，我們走訪伊拉蘇（Irazu）火山，這是哥國海拔最高的活火山。當日天氣晴朗，到達火山頂前，經過美麗的山莊與豐碩的農田。車子順著山勢攀爬，視野更是廣闊，只見白絮般的雲朵愈來愈濃密，連綴成一條寬寬的流動長河，將藍天與綠地分隔開，大地彷彿被一枝三色彩筆詮釋得完美無瑕。

　　當我們逐漸遠離充滿生氣的色彩時，火山頂到了，站在最高點四處觀望，滿眼盡是灰黑與荒涼，高山頂上的陣陣冷風，由敞開的衣領直吹我心底，結結實實地打個寒顫後，我感到一陣眩暈，以為高山症將發作，暗自抱怨：幹嘛來看火山？

▼左：Arenal火山
　右：Irazu火山

　　老公看出我的不安，對我說起這座火山的故事，原來它最著名的爆發竟長達兩年，由一九六三年到一九六五年，當時山下許多受到火山灰肆虐的災區，如今都已成為肥沃的農田耕地，大自然變化中蘊含傷害與利益間的依存關係，竟如此微妙！

　　結束高山頂的遠觀後，我們前往已被火山灰與熔岩填滿的火山口，走在通往火山口的道路上，我有些遲疑與膽怯，雖明知此刻這一大片的平坦與荒涼不會傷我，但驚心動魄的火山爆發畫面，此時卻盤據我腦海。

　　這一帶共有三個火山口，較大的兩個已被火山灰填滿，另一個較小的火山口則有灰黃靛青色的積水，四周滿布枯黃的植物與黑色火山熔岩。我鼓起勇氣站上那一大片火山灰地，如此貼近火山口的感覺很奇妙！只覺得它安靜又可親得令我無法相信。現實的經驗征服了我心中的恐懼，站在前所未遇的廣闊荒地上，體驗自然現象的不可抗拒，我深感震驚。

　　緊湊的祕魯行程後，我們再度回到哥斯達黎加，來到阿蓮那（Arenal）火山公園的溫泉旅館，享受溫泉以恢復體力，並欣賞火山風光。清晨薄霧籠罩下的阿蓮那火山，宛若一位輕紗拂面的少女，要見其真面目，須耐心等待，而它的美是值得等待的。

　　這幅美麗的圖畫以藍天白雲為背景，靜止的火山在薄霧環繞下若隱若現，風來了，將霧吹散，一會兒露出大半截山體，山頂卻又藏在雲霧裡。過了一會，冒著縷縷白煙的山頂展露俏容顏，山體卻又沒入輕紗中。如此反覆良久，雲霧散盡，我總算看清楚灰黑色多稜角火山的真面目。它雖不是疊翠青山，但在陽光下的山體有如健壯少男，頂天立地，英姿煥發。身披薄霧時的山體，則像欲語還羞的少女，令人百看不厭。無論何種面貌，我都不會

將它與驚心動魄的火山爆發聯想在一起。

　　走訪阿蓮那火山公園，是一趟愉快的感性之旅，那兒也是我會想再去度假的地方。而走訪伊拉蘇火山，則是一趟有價值的知性之旅，我非常珍惜這次知性與感性的火山之旅。

魔術作坊

　　再度到祕魯旅遊，不僅因為數年前在庫斯喀（Cusco）輕估了高山症的威力而壞了遊興，更因為還沒看夠那裡的自然風光，尤其是滿山遍谷的清新翠綠，以及那與藍天爭輝的田野風情，與綠地鬥豔的麥穗倩影。

　　初識祕魯蒼山翠谷時，那份揮之不去的驚豔感受，原以為只是看膩城市風光後「暫時」的情感轉移，隨著腦海中不斷浮現愈來愈深刻的畫面，我決定再次前往，多看看上次沒看過的地方。不同於前次的自助旅遊，這次請旅行社安排了幾處更值得造訪的景點。

　　青山依舊蒼翠，綠水仍然清澈，為了認識印加民族的農耕瑰寶——梯田，我們來到一片廣無邊際的田間，導遊說田裡種的都是藜麥（Quinoa），飽滿的麥穗在耀眼的日照下顯得格外豐美。遠處層疊的山巒，如守護神般凝視這片麥田，我在田間眺望，鬱鬱蔥蔥的遠山與金黃色麥穗相映生輝，田埂間雜草，也不甘示弱露出盎然綠意，無污染的天空白得透亮，藍得耀眼，原本來此只為一睹印加民族的超群農技，在低海拔地區能種出高海拔作物，也能在高海拔地區生產出低海拔作物，現在眼見滿山遍谷的豐美植物，深深覺得印加民族對得起上天的厚愛，他們善用自然資源也極尊重自然。

　　午餐後，導遊陪我們去參觀一處印加帝國時代專為皇家織染的作坊，這個位於山頂的作坊，簡陋得實在無法想像曾為「皇家

▌長滿胭脂蟲的仙人掌

專坊」。在車外迎接我們的印加婦人，身著傳統服飾，純樸面容
上掛著親切笑容，口中喃喃地哼唱著，想必是「迎賓曲」吧！同
伴們已被迎入院中，我以為是宣傳購物的商業賣點，不如在院外
多看幾眼山間美景。微風吹動的白雲，將田中的綠襯得更生動，
遠處田壟間搖曳生姿的黃花，鮮亮得彷彿不沾世間塵土，就連眼
前木柵門旁的叢叢野花，也綻放著與眾不同花語。

　　我是最後一個踏入展覽室的遊客，坐在前排角落，仔細打量著即將開始秀給遊客們觀賞的節目與道具，乾燥又龜裂的泥土桌上，擺放著粗糙的陶盆陶罐與陳舊的竹編盤子，唯一鮮亮的是陶罐中的那束白花。剛才迎我們下車的印加婦人，正在門旁的泥土台上擺弄著盤罐，幾隻陳舊的竹編盤子中，分別裝著不同顏色的線團與乾樹葉、豆莢、羊駝毛團與乾花朵，我正在納悶，想弄清楚這些物品間的關係時，表演就開始了。

　　婦人先舉起一團髒亂的羊駝毛，隨即拿起一個類似「何首烏」的植物，在陶盆中搓出許多泡沫，將髒亂羊駝毛放入泡沫中搓洗，這羊駝毛竟愈洗愈潔白。羊駝（Alpaca）這種動物長相特殊，既與駱駝相似又和綿羊相仿，因性情溫馴很受人喜愛，又因毛質柔軟光澤有彈性而成為極優質的毛織品，祕魯的羊駝毛產量居世界之冠，我在旅遊時隨處可見家養或野放的羊駝。

　　此時台上的表演者將早先準備好的潔白羊駝毛熟練地搓拈成線，一面搓一面纏繞在一支小木棒上，嘴裡還哼唱著小曲；另一位婦人取出一陶罐，用粗棍絞起一些濃濃的醬汁，放下一綑潔白的羊駝毛，浸入醬汁的羊駝毛逐漸變色，由淺淺的磚紅色慢慢變深。導遊翻譯說，等毛線乾後最終的色彩是豔紅色，一種十分搶眼的色彩。放下手中的染料罐，婦人舉起一片仙人掌，一片幾乎被白色粉末完全覆蓋的仙人掌，可清楚見到許多突狀物長在其中。婦人以西班牙語解說，我無法了解，只見她放下仙人掌後，取出一個小碟子，用手指拿出碟中些許小顆粒，在她手掌上用力搓揉，手掌心立即成暗紅色。我悄聲請問導遊，才知道婦人放在手上搓揉的，就是寄生在仙人掌上的突狀物「胭脂蟲」。如此神奇的變化令我瞠目結舌，百聞不如一見，這場表演實在增長見識。

　　結束介紹「胭脂蟲」後，婦人捧起一盤乾花，向觀眾示意，乾花旁這團黃色毛線，它的色彩就來自這種乾花，眾人的目光隨即被這團黃線吸引——黃得沉穩，如老僧入定般展示它尊貴色彩，而如此有特色的顏色竟來自朵朵乾花，真是匪夷所思。我的眼光凝視乾花之時，腦海中又浮現早先所走訪的那大片青山翠谷與黃金麥穗，難忘的翠綠與金黃色彩是得自大地精華，眼前這竹盤中的乾花，也曾光鮮亮麗地生長於沃土中，如今雖已乾枯，卻經由印加民族的漂染技術將花之本色延續，這不也是大地精華賦予植物命脈的延伸嗎？

　　被這一連串神奇表演吸引的觀眾們，對準泥土台上的各色線團頻頻攝影。表演者見觀眾反應熱烈，遂拿起竹盤一一展示羊駝毛經天然植物漂染後的色彩，一團灰毛線的色彩來自豆莢，這豆莢淺綠泛白的身上點綴著些許磚紅色斑點，實在無法想像，豆莢的色彩與羊駝毛結合後竟會是如此這般純淨。灰色在我的印象中

▶ 乾花染出的黃色毛線

是黑與白的結合，而眼前這團灰毛線卻是渾然天成，我初識自然生成灰色的亮麗，真有些愕然！

　　婦人再捧起另一竹盤，躺在盤內的是兩節紫玉米與一團絳紅色毛線。原來祕魯首都利馬大小餐廳都出售的紫色玉米汁，在織染坊中也擔任要角，漂染出如此含蓄又高雅的絳紅色。我仔細端詳，紫玉米中心是偏紅色的淡紫色，玉米粒則為濃郁的黑紫色，這兩種紫色結合後漂染出的毛線色澤，竟呈現出古色古香的絳紅色。我素來偏愛紫色，總認為浪漫的薰衣草與飄逸的紫藤是紫色的代言人，但當竹盤中這團絳紅色羊駝毛線，端莊沉穩地呈現在我的眼前時，它的韻味又豈是浪漫與飄逸所能比擬？自然色彩之變化莫測，令我大開眼界。

　　展示台上還有一盤翠綠的樹葉與一束不知名的樹枝，樹葉旁是一團綠線，乾枯樹枝旁是一個灰藍色線團。婦人分別將兩盤傳給眾人觀賞，那團綠線彷彿完全吸取了綠葉的精華，綠得十分純

▌紫玉米染出絳紅色毛線

淨，美極了！而乾枯樹枝與灰藍色線團的組合則有些神奇，沾著
幾片枯黃乾枝的線團，與旁邊那束凌亂枯枝極不協調，線團色澤
豐潤，好似盛裝貴婦卻頂著一頭亂髮。我試著想像枯枝鮮活時的
原色，它肯定是飽滿的青褐色，當失去水分生命終結時，那曾經
青春過的色彩沉澱了，如今藉著古老的印加漂染技術在羊駝毛線
上再放異彩。我雖未親眼見到枯枝轉色的過程，卻非常喜歡這灰
藍色彩中所釋放出的古樸。

　　漂染演示結束，眾人被引導至院中，購物時刻到來，遊客們
紛紛選購喜愛的衣帽圍巾與手套，我的眼光卻被走廊盡頭展示的
縷縷毛線所吸引，剛才所見到的漂染技術成品串掛在竹竿上，這
縷縷純樸、串串自然的毛線，正是印加人民傳承古老漂染技術的
見證，它們的色彩雖不如化學織染那般「萬紫千紅」，但源自大
自然植物的色彩，與印加傳統漂染技術的結合，已令我「驚豔」
不已。我選了絳紅、灰藍與鮮黃色三種線團，那是我在觀看演示
過程時就心儀的色彩當然，我帶回的不只是三種彩色線團，也帶
回了這「魔術作坊」延續自然色彩的成果！

老婦人的眼睛

　　那天起得特早，只為趕搭第一班公車去馬丘比丘。在細雨濛濛的迷城中結結實實走了四個多小時，稍微休息吃點乾糧後下山，回到熱水鎮，撐著疲乏的身軀等待返回古城庫斯喀的火車。

　　擠上火車後就開始昏睡，直到服務員送來飲料與點心，我才醒來邊吃邊欣賞風景。不久，火車在一個小站停下，我也吃完了點心，收拾好餐盒與免洗杯後，我發現列車椅套上繡著的蜂鳥很有特色，拿出相機正準備攝影留念，有人拍我的左肩，我回轉身只見一位年輕男子，手拿一枝結滿菊紅色碎花的花枝，對我說道：「This is for you。」

　　由於事出突然，我愣了一會，以為是賣花的小販，遲疑不敢接受贈花，但發現這男孩的眼神誠懇，笑容也充滿善意，我立刻道謝並接過贈花。一枝我從沒見過的花，來自陌生人之手，這真是旅途中的意外驚喜。我將花豎在椅背旁攝影留念。同行主修園藝的親戚告訴我，這種花名叫小蒼蘭。我手中這枝花有三根長滿花苞的

▶小蒼蘭

芽，彎曲如弓的花莖上端結滿花苞與半開的花朵，已盛開的花朵美得十分安靜。我仔細賞花的同時，也更想知道這位陌生遊客贈花的原因。

回頭一看，同行友人的手上也有一枝花，她建議我們去向贈花人道謝，我立刻起身，隨她走向贈花人。這時我才發覺，我後方座位的女士們，每人手上都有一枝花，多數為玫瑰及劍蘭，只有一位與我相同拿到小蒼蘭。

我與同伴走到贈花人面前再度道謝，相互介紹後得知，這位青年來自羅馬尼亞，他與妹妹準備以半年時間在中南美洲各國旅遊。這對兄妹說話時始終帶著誠懇微笑。我們問他花來自何處，他說剛才火車停下來，他見窗外有位賣花老婦人，正以期盼的眼光向車內張望，他跳下車買了老婦人的花後，分贈給車上女士，而我是最後一位拿到贈花的幸運兒。

短短幾分鐘的對話，我感受到這位青年無盡的愛心，當他跳下車買花的那一刻，他可曾想到這輛火車隨時會開動？若錯過這班車他也許將留在山谷中過夜。

這位可敬又可愛的男孩，匆匆跳下車買花，既滿足賣花老婦人的心願，也因為他的慷慨贈花之舉，讓我們這些獲得贈花的遊客開心。我們問他買花的動機，他說那位賣花老婦人的眼睛好美，深深吸引了他，當他買下她的花後，老婦人眼中流下感激的淚水。坐在他身旁一直沒開口的妹妹，告訴我們她用手機拍下賣花老婦人的身影，可以電郵給我們，我們愉快地交換了通訊方式。

第二天，我在庫斯喀旅店中，收到昨日贈花者妹妹傳來的郵件，照片中的印加老婦人穿著紫衣藍裙，微駝的背使她顯得更矮

小，雙手各舉一束花，怯生生地站在一間木屋旁。她，不同於一般職業小販，當火車進站時，一窩蜂地擁向車窗兜攬生意。她只是靜靜地站在一旁等待，等待遊客的召喚，這份安靜的等待使她顯得與眾不同。也許就是這份安靜等待的眼神，使贈花男孩認為「老婦人的眼睛好美」！

山丘上的淑女

位於北卡羅萊納州艾許維爾（Asheville）市郊的碧爾特摩莊園（Biltmore Estate），據說是美國最大的私人莊園，總面積八千英畝，有二百五十個房間，三十四間臥室，四十三間浴室，六十五個壁爐，地下室建有完善的運動設施，如游泳池、保齡球道、健身房與桑拿室，自一八九五年建造完成後至今仍保存完好，二〇〇七年曾被美國建築師學會評選為全國最受歡迎的建築物之一。

女兒建議我不妨懷著遊覽博物館的心情，去欣賞這一百多年前的建築與文物。二〇一〇年底，我與老公趁著到田納西州訪友的機會，專程前往遊覽。我們前一晚住進離莊園只有五英里路的旅館，第二天一早前往遊園。

從看到路旁指標那一刻起，我就迫不及待想看它的廬山真面目。莊園入口綠樹成蔭，令我暑意全消。從入口處到停車場有三英里路遠，沿途古木參天，小橋流水穿梭其間，除綠葉扶疏的幽靜外還可享受潺潺溪流的怡情雅趣，最讓我驚訝的是園中還有一大片竹林，綠意盎然。

停妥車後，漫步於濃蔭密布的小徑，走向莊園的主體建築——碧爾特摩大房子（Biltmore House）。

翻過幾座小山坡後，一幢龐大古樸的建築出現在眼前，這座法式城堡給我的第一印象是端莊得像淑女，正如它的別名——山丘上的淑女（Ladyonthe Hill）。

莊園的建造者喬治・華盛頓・范德比爾特（George Washington Vanderbilt），是一位成功又有品味的實業家，他的祖父是從荷蘭到美國的第一代移民，因從事航運業而享盛名。他自家族繼承龐大產業後，仍不停擴大祖業。決定建造這座鄉間別墅莊園時，他還是單身貴族。一八九五年莊園落成，一八九七年他在赴歐郵輪上巧遇意中人伊蒂絲（Edith），一八九八年他倆在巴黎結婚後回到城堡，一九〇〇年他們唯一的女兒在此地出生，並在此地長大成人。

可惜，一九一四年范德比爾特先生因病去世，遺留龐大產業給妻女。十六年後，已結婚的女兒與丈夫決定將莊園開放給大眾參觀，收取門票的所得，可使莊園得到更妥善的照顧。如今莊園的經營管理人是范德比爾特先生的外孫威廉·・安・塞西爾（William A.V. Cecils）。

莊園的正前方是一大片綠草坪，草坪盡頭是一座兩層樓高

◤畢爾的摩山莊

的石牆，這座石牆猶如莊園的前哨，我站在石牆高台上向四外張望，視野極為遼闊，城堡主要入口在我的右下方。慢慢走下台階，我圍著石牆壁上仿古小水池仔細看，嘗試感受設計者的品味。

穿過大片綠草坪，我們終於走到城堡門口，回頭看看剛走過的那段路，竟是如此迷人又壯觀，石牆後方兩列綠樹叢的頂端是一個高高的花架，我經過時曾注意看過，那是紫藤花架。試想，當紫藤盛開時節，萬綠叢中增添大片紫韻，將是何等浪漫！

入內參觀前，仔細欣賞城堡建築的外觀，無論是門緣上端的石雕，或窗台前的石刻，與煙囪屋頂色澤式樣的搭配，都透露著設計者的巧思，建築之精美令眾遊客讚嘆不絕，異口同聲都說值回票價。

入內參觀是禁止拍照的，如此我正可專心欣賞室內裝飾與擺設。

◤接近酒莊處有一大片向日葵

　　我們進門後以逆時針方向開始逐屋參觀，首先看到走廊的左側是一座室內花園，由玻璃屋頂灑下的陽光，不僅滋潤了庭中花，也照射在噴水池與雕像上，為屋內增添無限活力。

　　接著進入宴會廳，這是最吸引遊客的房間之一，高貴溫馨又典雅的七層樓高大廳，放置了一個搭配二十四張椅子的橡木長餐桌，佔據廳中主要的空間。牆壁上掛著皮革與織錦掛飾及主人打獵的成果，在在顯示屋主的藝術修養與生活品味。三個大型壁爐想必是為嚴寒冬季與聖誕晚宴而設，正面牆上高聳至屋頂的風琴管，在我們駐足觀賞時正發出悠揚的樂聲，整間大廳給我的感覺是氣質優雅而不奢華。

　　宴會廳右側為撞球室，是提供賓客娛樂的場所，左側是早餐間，如今陳列這個家族前輩的畫像。

　　隨後我們進入沙龍室參觀，牆壁兩側各有一幅巨型畫像，他們分別是這個城堡與花園的設計師，看到說明後我才恍然大悟，原來莊園中的庭園與景觀設計，出自美國造園景觀工程之父——弗雷德里克・勞・奧姆斯特德（Frederick Law Olmsted）的手筆，他也是紐約中央公園的設計者。

　　沙龍室外是一個寬敞的走廊，我倚柱而立舉目四望，後院的草坪與一望無盡的樹林似乎與遠處的大煙山脈相連，因城堡四周皆為綠樹青山，炎炎夏日在沒有空調設備的屋內也不覺悶熱。

　　飽覽後院風光後，我穿過織錦壁畫陳列室，進入珍藏各類圖書的房間。這裡不僅有各類珍貴藏書，更有許多罕見的精美收藏品，其中以拿破崙使用過的象棋與棋盤桌為最。另有天花板上的彩繪，那原是威尼斯庇薩尼（Pisani）宮中之物，一七二〇年出自義大利名家之手。我不明白原作彩繪穹頂如何運到美國，請問

在場解說員,她說是分解成十三塊後運送過來的。

　　緊接著到二樓參觀,這層樓開放供遊客參觀的房間是男女主人房與起居室。男主人房在樓梯右邊,中間隔著起居室則是女主人的房間。男女主人房間的陳設,擺飾及色調各有不同,家具飾物精緻考究,這些自然不在話下。最有趣的是,我透過耳機的介紹,得知生活在此的兩位主人,每天最忙碌的是換衣服:不但早餐與晚餐的穿著不同,喝茶與會客的穿著也有異;男主人打獵與划船時要換穿不同裝束,女主人騎馬、散步時還要換裝;總計女主人一天要換八次衣服,男主人也要換四到六次的衣服。從陳列展示的服飾看來,每次換衣服都挺麻煩的,雖然有僕人伺候,但也相當耗費時間與精力。

　　起居室則為男女主人共進早餐及討論事情的場所,女主人在此發號施令,並與管家們商議家中大事與待客計畫。這位嫁入豪門的女主人,儼然有如統領城堡內部的女王。

　　對於這位女主人的身世我有些好奇,查看進門時所拿的簡介手冊,得知女主人的童年並不富裕,她十歲時父母雙亡,由祖父母扶養她與她的兄弟及三姐妹。數年後祖父母雙雙去世,正值青少女時期的伊蒂絲與眾姐妹,只好搬回巴黎在一位女教師的管教下長大。一八九七年她與范德比爾特在船上相遇相戀後結婚。如此平凡家庭出生的女孩,在結識這位單身貴族時,並不知他是擁有一個城堡的貴族子弟。

　　男女客房也值得一探究竟。城堡中每天都有眾多訪客,其中不乏達官顯貴,訪客的吃住娛樂都是大事。在參觀時最讓我吃驚的是,一八九五年那個時代,許多美國家庭都還沒有單獨的室內浴室,而這裡的室內浴室不但設備完善且都已裝有抽水馬桶。我

詢問在場的解說員，得知當年所使用的衛浴設備均已老舊，如今所展示的是原廠原材料的複製品。

這座城堡的地下室與一樓，主要包含各類運動設備場地與廚房、洗衣間、燙衣房、儲藏各類罐頭餐具的儲藏室，當然還有僕人的房間。運動設備包括乒乓球台、游泳池、更衣室、保齡球道、健身房與六七間桑拿室。

廚房邊有燒烤家禽的房間，使我想起北京的烤鴨店，面積與格局都足夠應付眾多食客。烘烤麵包糕點的房間也如同坊間糕餅店一般大小，放置牛奶與肉類的冷藏室，牆壁上都有冷卻管，洗衣間內還有舊式洗衣機。參觀這些房間所展示的用具與設備，如同參觀博物館，一百多年前的生活方式一一呈現在眼前。

結束參觀前，我們經過吸煙室與槍枝收藏室，這兩個房間緊鄰主餐廳，應該是主人與賓客餐後小敘之地。

費了整整兩小時，我們才看完開放給訪客參觀的各類代表性房間。我急忙趕去觀賞花園，在室內從樓上窗口與陽台，我已觀看到整齊的花圃與草坪，莊園東側是主體花園，各色豔麗花草，經花匠巧手栽植，無論園景或花圃都別具風格，近看迷人，遠觀驚豔。

莊園東側有兩個水池，許多水生植物在池中吐露著盎然綠意。浮於水面的蓮葉與花朵，為池面妝點出幾分東方美。朵朵白雲與湛藍天色映照於水面，形成一幅絕美的自然景觀。

離開城堡前，請守衛替我們攝影留念，據他說，整個莊園共有一千八百名員工。這個觀光景點，為附近居民帶來眾多工作機會，當地人相當珍惜。

女兒送我們的門票，還包括參觀酒莊與免費品酒，從城堡到

酒莊有四英里路遠，途中我們停下來參觀另外兩處花園，見到更多奇花異草。

又經過一處小溪與古橋。這條小溪可能是昔日主人的垂釣與泛舟處，見到許多加拿大鵝在溪中優游戲水，卻不慎被我走近拍照的腳步聲驚起。

接近酒莊處有一大片向日葵，夕陽斜照花田，將四周的草木都煊染成豐美的金黃色，使莊園更顯得遼闊。品酒坊前有一排整齊的葡萄架，左右兩旁有餐廳，我們由葡萄架下走入酒坊，空氣中瀰漫著令人陶醉的酒香。

品酒坊內的專職酒師們，親切地滿足訪客品酒的要求，並詳細介紹所品嚐酒類的釀造過程。參觀酒坊時也有專人詳細講解，過程兼具知性與感性，饒富趣味。我原非愛酒之人，但經過遊訪品嚐後，也陶醉在美酒的醺醺然中。

離開品酒坊時，屋外的露天酒吧已坐滿準備進晚餐的遊客，在陣陣晚風的吹拂下，以品嚐美酒佳餚為整日的遊園畫下完美句號。

古橋的新命運

　　到倫敦旅遊時，導遊在倫敦大橋旁對我們這些來自美國的遊客說：「舊的倫敦大橋最後被賣到美國。」當時全團沒人接腔，只有我說我去看過這座橋也清楚這段歷史。

　　美國倫敦大橋（London Bridge）坐落於亞利桑那州的哈瓦蘇湖（Lake Havasu）市，因初次造訪後喜歡那特殊景點，所以我去過兩次。這座「倫敦大橋」，是麥克洛科石油有限公司（McCulloch Oil Corporation）老闆之一麥克庫洛赫（McCulloch）先生於一九六八年向英國政府購買的。

　　古老的倫敦大橋始建於一一七六年，是一座經歷三十三年才完成的石橋，度過約六百年的繁華歲月，終因數度遭受火災而

▶左：石柱上的編號
　右：作者站在橋上

荒蕪；一六五七年以後此橋因被整修加寬得以繼續擔任連接泰晤士河兩岸的重任，一直被使用到一八二一年再度面臨須重建的命運；十年後，又一座嶄新石橋完工，擔負起交通與運輸重責；無奈仍難逃歲月的摧折，日益繁重的承載量使橋身逐漸下沉，再度面臨須重建的命運，時間是一九六八年；但這次英國國會議員竟決定要出售古橋，有趣的是，這消息傳到美國後居然有人問津，也因此給古橋帶來新的生機。

　　購買者買下古橋後將之安置在亞利桑那州的哈瓦蘇湖市，這座城市在上世紀七〇年代人煙稀少也不大繁榮，因為麥克庫洛赫先生購買此城後才引來了商機，又因倫敦大橋的到來而逐漸發展為觀光勝地，如今由商人與古橋所共同組建的新城已成為別具風格的觀光城。當初開發哈瓦蘇湖這個城市，只希望它成為退休老人的養老城，如今這裡正以驚人速度成長，絡繹不絕的遊客帶來無限商機，城內各種商店齊備，各式口味的美食齊全，附近不遠

▶左：遠望橋身
　右：橋身連接處的空隙

處並有高爾夫球場，多元化的設施使這城市適合不同年齡層的遊客，難怪如今倫敦大橋已成為亞利桑那州僅次於大峽谷之第二個吸引觀光客的旅遊景點。在遊賞之餘，我衷心感佩這位企業家，由於他的卓越見識，不但使一座遭遇淘汰命運的古橋在異地得以重生，同時也使一座了無生氣的鬼城，變得生機盎然。

　　美國西南部亞利桑那州以土地遼闊聞名，在橋上遠望群山環繞，穿過橋拱可見湛藍河水與蔚藍天空間隔著土黃色山嶺，一洞一景，風情萬種，煞是有趣。以往多在江南小橋流水間尋覓美景的我，見到西方石橋立於荒漠新城中的特殊景觀，實在無比歡喜。我站在橋上遙想古橋移至新城的過程，這真是一樁有趣的買賣，將近五十年前一位石油商人能有如此的遠見與胸襟，藉著一座古老的石橋，竟能使一座寂寂無名的小城逐漸繁榮而受重視，這等生意眼光實在令人敬佩。

　　我在橋上仔細觀察，果然見到石塊上的編號，這顯示它不容置疑的身分，因資料記載在倫敦被拆下的大橋石塊經編號後裝船運到美國。我也發現橋柱上有修補的痕跡，不難看出這座大橋是受到妥善照顧的。為了預防熱脹冷縮，橋的間隙留有足夠的距離，舊橋重建也重視細節，足見工程人員的心思縝密。

　　從橋上緩步向下走，回頭觀看層層階梯與橋邊賣票亭，不禁遙想千年前倫敦古橋邊的景觀，手撫石塊我悄聲問道：「石頭啊，石頭！可曾想到，在故國泰晤士河畔豎立百年後會漂洋過海到異鄉？」再看風化的石塊日益斑剝，真希望進步的科技能為這些「異鄉客」添加生機，免去它們「客死異鄉」的命運。

　　橋上橋下走一圈，我心中充滿感慨，這世上有許多被荒廢的天然美景，也有許多費心設計的人為景觀。前者令人惋惜，後者

受人欽佩，在欣賞這人為景觀的同時，我不禁要問：是何原因造成前者的遺憾？又是何因素造就後者的殊榮呢？

遠處的石礫山依舊荒涼，但近處的城市已不再冷清，一切的改變均因為這座來自遠方的古橋。我在網上查找現代英國倫敦大橋的資料與圖片，無論白天黑夜，現代英國倫敦大橋都顯得摩登又瀟灑，與附近的新潮建築物融成一體。我不知當人們見到新橋時，是否想過，若非出售舊橋可能不易興建這新橋？如此看來，舊的倫敦大橋不正像一個犧牲自己成就家人的英雄嗎？而這座古樸的舊橋，漂洋過海來到新大陸後，為這片荒涼土地帶來新氣象，也為這片土地增添文化氣息，這些改變可能遠非購買舊橋者所能預見。

璀璨繽紛秋之旅

在攝影專家的眼中，楓紅雖美，但若要捕捉最佳鏡頭，卻須十分用心地去追隨楓紅，只因秋葉變色速度極快，每個景點楓紅高峰（peak）——楓葉最佳狀態，其實只有兩三天。

這些年因忙於生意，我很少於秋季在美國境內旅遊，數年前唯一的一次「秋之旅」還是因著探親之便，出發前我滿心期待，渴望一睹山林草木褪去青綠，換上秋裝後的風采。

臨行前我特別上網查詢，美國境內最佳的賞楓區都集中在東北部的新英格蘭附近，離我們準備回猶他州（Utah）的路線太遠。外子為滿足我想要賞楓的心願，特將我們這趟旅程的路徑集中在山區，他認為科羅拉多州（Colorado）和猶他州的山區，一

▶山區的絢麗景色

定有令我意想不到的景色。

當我們進入科羅拉多州的州界,見到路邊豎立著的大牌子上寫著「Welcome to colorful Colorado」,我就已嗅到空氣中飄送千林萬木繽紛樹葉所散發出的氣味。車子沿著蜿蜒起伏的路徑前行,映入眼簾的多層次林木山色,使我確信科羅拉多州是多采多姿之州。

我們由二十五號州際公路進入科羅拉多州,這條公路,原是早年美國東岸居民往西部遷徙時的主要路徑,路邊還豎有聖達菲步道(Santa Fe Trail)的標示,以見證它的歷史價值。

遠處山頂有座阿洛伊修斯舊教堂(St. Aloysius Church,落成於一九一七年)的廢墟,與山坡上散落的礦場遺跡,相互印證這裡曾是一個因開採煤礦而繁榮的小鎮,如今摩利(Morley)這個鎮名,已走入歷史。

隨著山的高度變化,窗外的景色也更加迷人,耀眼的金黃色

▶ 豐美的秋景

不斷映入眼簾，使我有些應接不暇，也有些許癡醉。拿起相機對著窗外不斷按下快門，一張張飽滿豐實的「秋景圖」就隨我同行了。

　　大自然真是一首美麗的詩篇，既能呈現色彩豔麗之豐美，也能造就繁華漸落之淒美。當車轉入另一座較高的山頭，我被一大片金黃色白楊樹所吸引，夾雜在落葉盡褪的枯枝與灰綠、暗紅、橙橘色相間林木中的白楊樹，既是獨領風騷的秋山之首，也是襯托繽紛秋景的點睛之木。

　　質樸自然的山中，除了起伏的山巒，與疏落的小村莊外，更有潺潺溪水。我們從德州來到科羅拉多州，卻意外發現這條必經道路旁的小溪名為德克薩斯小河（Texas Creek）。溪水清澈見底，溪邊景色也美，據說在這種冰冷溪水中生長的魚，肉質格外鮮美。

　　終於到達阿斯彭（Aspen，白楊樹）這個滑雪聖地，以往我

▶鹽湖城南邊鄉村處處可見金黃樹叢

總是在夏季經過這著名的小鎮，並不覺得它有何特殊，這次總算見識到它的美麗。車子穿梭在這依山而築的小鎮上，每個路口都錯落著色彩繽紛的樹木。這個小鎮果然沒有辜負它與白楊樹（Aspen）同名的象徵意義，無論從任何角度來觀賞，它都盡力在詮釋大自然中的林木之美。

為了飽覽湖光山色，我們整日車行速度緩慢，天色漸暗後，匆忙離開山區。趕了一陣夜路，我們決定投宿在大章克申（Grand Junction），這個大城距離猶他州界只有不到二十英里的距離。

這趟出遊，我發現美國境內秋季才是旅遊旺季，尤其時序已是山區打獵季節，我們所投宿的Motel價格普遍上漲，而且必須預約，否則一房難求。次日清早我站在樓上窗口盡情欣賞四周美景，無論是路旁行道樹或房舍周圍的林木，深淺綠色相間，黃橙紅橘色並呈，那份繽紛絢麗，比山區有過之而無不及。就衝著眼前這份絢麗秋景，也絕對值得付出上漲的房費。

出外旅遊不但是件賞心悅目的雅事，更可增廣見聞，尤其對我這久居城市的俗人而言，這一路上可真學到不少新知識。小旅館四周這些紅葉樹，遠看以為是楓葉，近看才發現葉形完全不同，果然，秋葉換色時節正是群木感謝大地滋養後所回饋的最精美彩妝。

車子即將駛離科羅拉多州，天空轉為陰霾，但似乎並不影響這個城市的美麗，連路邊小公園也盡情綻放繽紛秋色，科羅拉多州真是美麗得令人難忘。

進入猶他州後，外子選擇走山路，他說山路不但有看頭，也是近路。只是我有些迷糊了，這條路我曾走過許多次，卻已不記

得它竟是如此地豐富多姿。猶他州境內的這條六號公路，除山路落差較大，須小心駕駛外，道路兩旁也有不少壯觀的岩石值得介紹，迎面而來的正是著名的城堡岩（Castle Rock），乍看之下，有些像中國的長城。由鑿山而開闢出的道路旁岩石鑿痕斑斑，灰黃磚紅色的岩層，守護在綿延迂迴的公路兩側，看似無趣的山岩與路旁長滿的叢叢灌木，雖被飛沙走石打擾得滿身灰濛，但卻依舊活得昂首飛揚，我尤其欣賞枯草團頂上的黃花，彷彿在提醒路人——我雖渺小卑微也要活得精彩。

這座山谷中也有豐富的煤礦，不但在路邊可看到展示開採出的大塊煤礦，就連道路開鑿的岩層中，也清晰可見到黑煤層。結束穿越這段山路前，我深深感動於沿路鐵道工程的偉大，無論隧道的開鑿與鐵軌的鋪設，當年都有華人的參與，如今我們輕鬆駕車而行，特別珍惜兩旁川流的火車身影，它為這好山好水，增添了數不盡的人情味。

猶他州秋意已濃，金黃色樹叢隨處可見，我住在親戚家，位於鹽湖（Salt Lake）東邊的鄉下。大清早起來繞著附近的農莊散步，隨身攜帶相機，以捕捉城市中難得一見的美景。在路口看到一株茂盛的橡樹，滿身金黃葉片在晨曦中迎風招呼著我這位訪客，地上的落葉與樹上的枯枝，為小鎮的秋意做了最佳註腳。

結束探親訪友之旅，回程我們選擇走不同路徑，仍舊開了一段山路，每次走山路，我總愛在高處停一會，回首這番來時路，在璀璨繽紛的千數萬木中，我最愛眺望錯落於銀灰色筆直樹群裡的黃綠樹叢。

當晚，我們住在科羅拉多州一個名叫蒙特羅斯（Montrose）的美麗小鎮。小旅館的職員親切地告訴我們，來到這兒只住一

晚，太可惜啦！這裡有山有水，環境優美又無空氣污染，長住此地可延壽，可惜我們要趕回家無法久留。次日清早我們在晨曦與薄霧中開始趕路，啟程後不久就見識到此地景色的與眾不同。一大片湖水，伴著我們行了一程又一程，遠處山頭已見積雪。一路上我總想拍些樹林倒映在湖水中的鏡頭，在這我尋著了，只是透著薄霧，景色有些迷濛。

隨著片片霧氣，我們眼前出現一座形貌特殊的石林，它像極了我自幼就熟悉的南台灣著名景點——「月世界地景公園」。也許是湖面豐沛水氣的效果，為這片石灰岩山景添著層層薄紗，若隱若現的飄渺之美，替冰冷石灰岩增加無限柔媚。這片始料未及的景觀，是我們此行追逐秋景中的意外收穫。我與外子急忙停車觀賞，清晨趕路的行車不多，沒有其他車輛的干擾，我們貪婪地享受著遠離塵囂的寧靜，隨著眼前這份虛無飄渺，澈底放鬆生活於城市中所累積的壓力，雖只是片刻的愜意卻留下難忘回憶。

◤Montrose鎮的特殊景色

　　繼續沿著山路前行，遠處高山中已見積雪，山路旁的長綠喬木挺立於冷風中卻不露風霜之色。由散落於樹底的淺薄積雪看來，似乎剛下過一場輕雪，已為它們洗去炎夏的塵埃。偶爾見到傾倒於林中的樹幹已成乾枯色，將白雪映襯得更鮮明。我喜歡森林公園中這份真實，它們總在毫不掩飾地呈現自然。

　　遠眺山頂，除積雪外，更可見到清晰的雪道，不過聽加油站職員說，此地的雪已愈來愈稀薄，五十年前初開闢為滑雪場時，經常可見到足足有三個成人高度的深厚積雪。結束這段山路前，在科羅拉多州界邊上的大片枯草地上，見到稀稀落落的北美野牛（Buffalo）。這一帶本原是千千萬萬北美野牛的家鄉，如今「與牛爭地」的人類愈來愈多，北美野牛的身影逐漸凋零。正如這枯草地上零星散落的牛隻，在昏黃山色與枯黃草地上顯得格外孤單，彷彿在與即將遠去的秋色話別。

　　人們熟悉的秋色總是多采多姿的，我此行所見識的秋色更是豐美絢麗，此後每逢秋至，我必再次回味這難忘的璀璨繽紛秋之旅。

再抵武漢情更濃

　　一九九五年我初遊三峽，途中曾在武漢停留，黃鶴樓是我心儀已久的名勝古蹟，我登樓遠眺，低吟崔顥〈黃鶴樓〉詩，試圖尋找「晴川歷歷漢陽樹，芳草萋萋鸚鵡洲」的方向與位置，更想體會「日暮鄉關何處是，煙波江上使人愁」的情懷，當時甫旅居海外的我，沉醉於詩文情韻中，流連忘返。

　　離開武漢前的東湖半日遊，是一次美麗的邂逅，迷人的東湖景色如驚鴻一瞥深印我心中，多年來總想舊地重遊，此心願在十七年後終於得償。

　　二〇一一年秋，我接獲海外華文女作家協會通告，得知定於二〇一二年十月召開的第十二屆雙年會將在武漢舉行，會議場地

▶武當山重山疊谷

及住宿賓館正是我念念不忘的武漢東湖，我立即報名參加此次會議。

　　二○一二年夏訂機票時與同伴相約提前一日到武漢，迫不及待地想見到睽違已久的武漢與東湖。十月十一日下午由上海轉機到達天河機場，等待我與同伴的是湖北作協親切的接待，體貼的安排。

　　二度來到武漢的心情是雀躍的，當湖北作協接機的座車行駛在寬敞平穩的市區道路上時，我已能感受這個城市建設後的便捷。到達東湖國際會議中心已是萬家燈火時分。

　　第二天是我與文友相約同遊荊州古城的日子，我特別早起，在出發前到東湖邊散步，湖面薄霧漫漫，久違的東湖如輕紗拂面之沉睡美人。只見遠處有拱橋巧立於兩端整齊的梧桐路樹間，倒映於湖水中的美景，宛如一幅淡雅的山水國畫，我思念的東湖景觀迷人一如往昔。

　　為期兩天的文學盛會，內容十分充實，陳若曦、施叔青與嚴歌苓等著名作家的專題講演使我獲益良多。會後參觀湖北博物館，欣賞編鐘演奏，及參訪知音傳媒集團，都是難得又難忘的經歷。

　　在東湖停留的最後一個清晨，我再次漫步於環湖道路上，將此湖光水色及湖邊綠樹廊道的倩影，一一放入記憶匣中，留待日後時時開啟回味。

　　短短數日的聚會，除文學的交流、情感的凝聚外，湖北的美食更令我大快朵頤。熟悉的武昌魚，風味依舊鮮美。蘇東坡盛讚的鮰魚，味道果然不凡。還有那楚食譜中的精緻名菜——三鮮豆皮、排骨藕湯、珍珠丸子、孝感米酒、蟠龍菜、黃陂三鮮、板栗仔雞等，更是食後難忘的特色佳餚。

　　會議結束後，「海外華文女作家看湖北」的旅遊活動正式展開，行程包括市內半日遊黃鶴樓，及「醉美長江三峽」與「問道武當」采風之旅。

　　再度遊覽黃鶴樓，又是另一番情境，擁有江南三大名樓之一盛譽的黃鶴樓，原址在湖北武昌蛇山黃鶴磯頭，如今已遷移至距離原址一千多米的蛇山峰嶺之上，被改建為黃鶴樓公園。

　　和多年前相比，此地增添了一些與歷史相關的景點，譬如，為紀念曾在黃鶴樓下鄂州（今武昌）屯兵鎮守的南宋抗金名將岳飛，而興建了岳武穆遺像亭，我在亭前徘徊良久，向一代忠臣獻上敬意。

　　如今黃鶴樓遺址上僅有清代樓毀後留下的銅鑄樓頂，被安置在主體樓外，二〇〇三年重新整修後的景區，的確予人耳目一新之感。此次遊覽黃鶴樓，正值金秋時節，沿著山路階梯緩緩前行，細細觀賞建造精美的牌樓，兩旁樹林中不時飄來淡淡桂花香，為此番懷舊思古之旅增添更多愜意。

　　「采風之旅」我選擇去武當山，想認識道教聖地武當山的心願已久，此次夙願得償。武當山廣而不高，橫看如蓮花又如火焰。初秋山區已是綠樹轉黃、楓紅略現的色彩繽紛時節，雲霧繚繞於重山疊谷間，景色十分迷人。

　　我們從太子坡開始遊覽，太子坡四大特色景觀分別是九曲黃河牆、一柱十二樑、一里四道門、十里桂花香。其中的十里桂花香只有在秋季來訪才有緣相遇，我何其有幸！金秋時節來此，不但可眼觀百年桂花樹之茂盛，空氣中飄散的淡淡桂花香，更伴隨我輕鬆自在行走坡道階梯。

　　我早已癡迷於中國建築藝術之精妙，這次遊歷武當山太子坡

後，更見識中國建築另一層高妙。在太子坡拱門內，我見到依山勢起伏而築，彎彎曲曲如波浪的九曲黃河牆。又在五雲樓內，欣賞到結合建築工藝與實用功能於一體的一柱十二樑，中國古建築技術之精妙，令我讚佩不已。

隨後遊覽瓊台景區，乘索道後沿山路而行，經太和宮過南天門，再踏上幾乎垂直而上的層層階梯。這段路程是體力與毅力的挑戰，一路走來雖辛苦，但處處是美景及風雲變化的奇觀，足令我忘卻登山之疲累。

登上武當之巔，見到銅鑄鎏金塔殿的那一刻，我激動不已。這座明代的皇家道場果然氣派非凡，在金殿前舉目四望，武當山秀麗風光盡收眼底，心情為之一暢。

▶左：彎曲如波浪的九曲黃河牆
　右：作者攝於武當山巔

　　下山後遊覽紫霄宮，結合五行思想與建築精妙的紫霄宮，獨享「前有照，後有靠，中有水環抱」的絕佳風水條件，到此一遊後，我對中國道教文化有更深體認，確有不虛此行之感。

　　因天色漸晚，我們在南岩的遊覽有些匆促，未能仔細觀賞這武當山風景最美處，我深感遺憾，但這遺憾可能將成為我下次再遊武當的動力。

　　再遊武漢的感覺真美好，這次遊歷也更充實。荊楚文化所孕育的人文素養，及謙和友善情誼將永銘我心。

遊伊瓜蘇大瀑布

　　二○一一年四月二日清晨兩點，我們由巴拉圭首都亞松森（Asuncion）搭乘包車出發，約四個半小時後到達巴西邊境。我很驚訝邊境三個崗哨警察對過往車輛視若無睹，這與我的耳聞大相逕庭。

　　我聽說南美洲最貧窮的國家巴拉圭是罪犯的天堂，走私販毒者出入頻繁，所以各國邊境警察對來自巴拉圭的車輛總是嚴加盤查，看來事實並非如此。

　　吃完早餐後我們直接前往伊瓜蘇瀑布國家公園（Iguazu Falls National Park），還沒開門，在園外閒逛，見到門外的標示，聯合國早已將此地列入世界自然遺產名錄。來此前好友曾對我說：

▍左：由瀑布上端觀看「魔鬼咽喉」
　右：伊瓜蘇大瀑布的源頭「魔鬼咽喉」

「盡量拍下妳所見的美景吧！天災人禍不斷，世上許多美景都在逐漸變化中。」

據說去年此地水量明顯下降，今年拜豐沛雨量所賜，我來之前就已得知瀑布景色比去年壯觀。每年一至三月是觀賞此瀑布的最佳時機，此刻我們正逢「天時」之利。但凡事有利也有弊，豐沛雨量在雨林區招來蚊蟲引發登革熱，巴西北部疫情嚴重，連巴拉圭也遭殃，首都亞松森已有三百人死於登革熱，我們外出時身上一定噴灑防蚊藥水。

若將瀑布比作美女，伊瓜蘇瀑布宛如一位美麗的村姑，我見到她的第一眼，是在濃密樹林間，覺得她是天地精華所造就出的自然尤物，天生麗質。

「伊瓜蘇」在南美洲土著居民的語言中是「大水」之意。伊瓜蘇瀑布地形複雜，多處呈現雙層瀑布，景觀十分宏偉壯觀。據說美國前總統羅斯福的夫人曾在此發出情不自禁的感嘆：「我可憐的尼加拉瀑布！」與伊瓜蘇瀑布相比，尼加拉瀑布的確是相形見絀，伊瓜蘇瀑布不僅高過尼加拉瀑布，也比它寬四倍。

接近源頭處，有層層疊疊的瀑布環繞著馬蹄形峽谷咆哮著傾瀉而下，激起的水霧瀰漫於密林上空，下端有曲橋，供遊客近觀水勢。峽谷頂部是瀑布的中心，水流最大最猛，人稱「魔鬼咽喉」。我站在橋上距離「魔鬼咽喉」最近之處，感覺有如置身於強烈颱風的襲擊中，很震撼！

參觀這個世界最寬的大瀑布，須沿著對岸密林中的棧道緩步前行，我和此瀑布的「第一次接觸」是「聲」而非「水」，先聞其聲後見其水。但奇怪的是，當我結束棧道之行，乘升降機由谷底回到平地，在瀑布源頭前，我卻感到出奇地寧靜。

　　壯觀的瀑布，是由峽谷崎嶇地勢落差所造成，山與水在此巧妙會合，造就出一幅驚天動地的壯闊景象，此情此景使我領悟大自然的奧祕無窮盡，更加產生敬畏之心。

　　抬頭遠望對岸阿根廷境內的遊客，相信由那邊看過來，又是另一番景象了。

桂子飄香時節遊江南

籌畫半年多的魯迅之旅，終於在秋高氣爽時節展開，這次到訪的城市除魯迅出生地紹興外，還包括以出產紫砂壺而聞名於世的宜興。

二〇一五年九月十五日清晨，正在上海交大深造的趙會長，趕到酒店來與團員見面。此次趙會長雖無法同行卻趕來送行，親切交談殷殷叮囑，宛如一位送家人出遊的大家長。另一位正在上海探親的文友顧月華，也趕來與大家見面。月華除與文友們親切話家常外，並拿出防蚊藥送給擔心被蚊子叮咬的文友，愉快又期待已久的魯迅之旅，就在如此溫馨的送行畫面中展開。

由於多數團員已非常熟悉上海外灘景致，故我們決定更改去外灘遊覽的原計畫而直赴杭州，增添遊覽胡雪巖故居。二〇〇九年我曾到此一遊，眼見並耳聽導覽介紹此建築之精美，我甚是喜愛，此次再度觀覽，對江南建築藝術的精湛更是印象深刻，也對即將召開的座談會與明日將參觀的魯迅故居充滿期待。

在遊覽西湖風光與富春江清翠秀麗的山光水色後，黃昏時分我們來到座談會現場之江飯店。會談由現任杭州作協主任嵇亦工先生親自主持，祕書長王益軍，以及文學院副院長黃詠梅等都參與盛會，並請創作研究室主任青年評論家鄭翔以「魯迅文學影響力」為題擔任主講——他對魯迅其人其文研究甚為通透，言談中肯深切，無論推理與闡述都令人激賞，帶領此次參加遊覽魯迅故居的文友做了番難得的知性之旅。

　　第二天遊覽魯迅故居，是本次旅遊的重點行程。這位文學家的出生地如今已被妥善管理，並成為重要的人文博物館，我們一行人走在古樸的老宅與殷實的園圃中，與一座座魯迅書中的人物銅像合影，彷彿我們都已融入雋永的篇章中。

　　次日早餐後我們遊覽沈園，文友們走在清靜的園中，腦海中反覆回味流傳後世的感人詩篇〈釵頭鳳〉，彷彿見到這對緣盡情未了的苦情夫妻，也再度見識到詩文感染力的悠遠。接著遊覽的柯岩魯鎮與蘭亭，不僅富有特色風光，更具濃厚文化底蘊。

　　此行唯一的遠遊是專程到寧波去參觀博物館，這座榮獲普利茲克建築獎的著名博物館，除造型特殊外更有豐富收藏，是認識江南遺風文物的極佳展所。

　　充實又愉悅的紹興之旅，在參觀紹興酒廠後，畫下圓滿句點。坐在駛往宜興的遊覽車中，文友們回憶紹興人文風光的同時，也不時回味數日來品嚐過的杭州與紹興之美酒佳餚。

　　宜興這個我們即將造訪的城市，以出產紫砂壺而享譽世界，看著旅遊行程單上所列的地名——徐悲鴻紀念館、中國陶瓷城、陶瓷博物館、宜興紫砂廠、前墅古龍窯、竹海風景區、玉女山莊、善卷洞風景區等，對我們一行人都是陌生又充滿期待的。

　　抵達宜興已是午餐時分，負責接待的宜興作協范女士已在酒店大堂等候，辦理住宿與午餐後小憩片刻，文友們輕鬆展開參訪。由於宜興作協徐風主席正在台灣訪問，故我們此行未安排座談會，但在晚餐會上交流非常愉快，賓主盡歡。

　　在優閒的三日活動中，我們對宜興的紫砂文化有更深入的認識，走訪中國陶瓷城與陶瓷博物館內，文友們懷著景仰之心如朝聖般欣賞著大師們的傑作，又在宜興方圓紫砂工藝公司的展銷廳

內，見到傳統工藝與現代科技結合的精品，大家對心儀已久的宜興紫砂文化有了進一步的認識。至於當地的人文自然景觀，雖無名山大川的堂皇氣魄，卻清新宜人令遊客們樂在其中。

　　結束這趟魯迅之旅已數週，但同行文友仍津津樂道此行的歡欣，沉醉於江南人文底蘊與秀美風光的餘韻中，今秋的晨昏，也因著這次豐美之行而更添興味。

▶左：沈園內古詞壁
　右：前墅古龍窯

丹桂飄香時節遊荊州古城

　　二○一二年十月十二日到武漢參加海外華文女作家協會雙年會的計畫，是在年初就已決定的。在購買機票前，文友漢湘提醒我，既已到達武漢，何不前往荊州古城一遊？於是我邀約幾位女作家協會的老朋友，提前一天抵達武漢同遊荊州古城。從漢口搭乘當地人所謂的「動車」，只須一小時二十多分鐘就可到達荊州。走出現代化的車站，站在寬闊的廣場上，我有些激動，終於到達荊州古城——這個在一百二十回《三國演義》中被提到七十二回的重要城池。

　　計程車司機送我們到達南門後，我們選擇乘坐景點旅遊車環城觀光。司機兼導遊，正是我們想要的遊城方式。上車後導遊說：「荊州古城周長十一點二八公里，有六座古城門，三座新城門，此城牆以內磚外土建成，不同於由外磚內磚建造而成的長城，每座城門包括城樓、箭樓和甕城。」古城牆始建於春秋戰國時期，是楚文化的發祥地，現存的城牆為清朝順治三年（西元一六四六年）依明代舊基重建。古城保存完好，是中國著名歷史文化名城之一，也是中國南方保存最為完好、規模最為宏大的一座古代城垣。荊州古城牆現已成為外環跑馬、內環通車、城牆上行人、護城河上盪舟的環城風景區，是我所遊歷古城中最有特色的一處。整潔又平坦的環城大道，在枝葉茂密如華蓋的行道樹襯托下，充滿令人陶醉的盎然古意。

　　我們首先到達「玄妙觀」。此觀始建於唐朝開元年間，由於

▶ 上：城牆上的文字磚
　　中：甕城
　　下：關羽門

歷代屢遭水患與戰亂的毀壞，如今只遺有三重殿。我見到這三重
殿的牆柱油漆雖多已斑剝，但黃色琉璃瓦在翠綠老樹映照下依舊
氣勢不凡，彷彿藏身鄉野的落魄貴族。玄妙觀後桂花樹上掛滿紅
色小布條，顯示此地仍有香客，空氣中飄散著淡淡桂花香，為這
古老妙觀增添些許詩意。離開玄妙觀後，我們前往此行的第一座
城門「大北門」參觀。荊州六座古城門上原都建有城樓，現只有
東門和大北門兩處有城樓。大北門俗稱「柳門」，這座城門在古
代是送親友北上中原話別之處，蘇東坡〈荊州十首〉詩中「柳門
京國道，驅馬及陽春」，說的正是此處。人們在此送親友遠行，
習慣折柳相贈。大北門上的城樓名為「朝宗樓」，我登樓遠眺，
嘆古惜今。荊州是三國文化誕生和繁衍的歷史勝地，也是當時兵
家必爭之地，《三國演義》中「劉備借荊州」、「關公大意失荊
州」的故事就發生於此。如今荊州古城內外均有居民，但城內與
城外房舍形式不同，城外建築較現代化，城內房舍則有新舊之
分。新建築多為白牆灰瓦，舊有房舍雖不如新建築亮麗，但街道
十分整潔，令我對古城印象更為深刻。

　　離開大北門城樓，我們繼續乘車欣賞古城風光。就在大北
門城樓不遠處，我見到一個大湖，白牆灰瓦古樸房舍倒映湖水中
的美景甚為迷人。湖的對面有拱橋橫跨，景色不亞於江南園林，
我請司機停車讓我們拍照留念，此情此景更是我遊覽古城風光的
意外收穫。不久，司機帶我們來到「關羽祠」。建築於城牆上的
「關羽祠」，有幾處關羽的大塑像，或一手持偃月刀，一手撫鬍
鬚，氣宇軒昂地站立著或騎在奔躍的赤兔馬背上，手握青龍偃月
刀，神態都栩栩如生。我站在城牆邊遠望，耳邊彷彿響起隆隆戰
鼓聲，關羽勇猛善戰的形貌也如夢似幻般浮現。轉身忽見一石碑

旁有香案，走近一看，碑上寫著「關公讀書處」，碑後的石桌椅想必就是三國時代關公的讀書之處吧！走出偃月門緩步下階梯後我們離開「關羽祠」。繼續乘車環湖，只見護城河畔柳枝搖曳，偶見居民垂釣，悠哉愜意令人羨慕。司機提醒我們注意城牆上的文字磚，據說荊州城牆上發現最早的有年號文字磚是明洪武二年（即西元一三六九年），距今已有六百多年的歷史，此磚比在萬里長城上發現的萬曆年間文字磚要早二百零七年。

經過一處較寬廣的河面，我們見到一高大塑像臨河而立，司機導遊說那是屈原。屈原為戰國時楚人，為紀念這位投河自盡的愛國詩人，荊州每年的龍舟盛會在此舉行。我們的乘車環湖之遊到此結束，司機建議我們由河邊沿城牆階梯上去往東門方向走，居高臨下，沿途既可飽覽護城河風光，又可一睹現代化荊州城的風貌。古城牆兩邊樹綠草青，與灰色牆磚成鮮明對比。東門是迎接來使和賓客的城門，因此門樓壯觀，甕城也最大。城牆上有許多《三國演義》中人物的塑像，似乎在強調荊州城與三國的關係。我在城牆上遠望，發現張居正故居正在古城旁，雖想入內參觀，但想到第二天還要參加會議，遂結束這愉快的古城之遊返回武漢。

留待下次吧！我跟自己說。

「白也詩無敵，飄然思不群」
——訪江油憶詩仙李白

李白，詩如其人，飄逸似仙，杜甫在〈春日憶李白〉詩中寫道：

> 白也詩無敵，飄然思不群。
> 清新庾開府，俊逸鮑參軍。
> 渭北春天樹，江東日暮雲。
> 何時一尊酒，重與細論文。

他的一生，如一部動人的詩篇令人感念，又似一本奇妙絕俗的傳奇小說讓人著迷。

被後人稱為「詩仙」的李白，少年時代在故鄉四川度過，他才華橫溢，好讀奇書，不事生產，卻又輕財重施，仁俠尚義。青壯年時雖正值大唐帝國的鼎盛時期，卻因當時社會講門第重關係，而使出身為商賈之子的李白淡泊於科考入仕。但文才武藝兼備的李白，當他二十四歲離開故鄉時，早已詩名滿天下。日後雖無功名卻有幸「龍顏惠殊寵」，得以「笑傲公卿間」。

他曾說過：「五嶽尋仙不辭遠，一生好入名山遊。」這與他曾去峨嵋山隱居修道有關，以致在他漂泊遊歷期間，除結識文人雅士外，更巧遇多位唐代著名道士。如：在江陵，他曾遇見道教上清派茅山宗第十二代宗師司馬承禎，承禎見到李白「飄逸似

仙」之風采,即讚譽他有「仙風道骨」;他又在南遊江浙時,於
會稽遇道士吳筠。吳筠早年進士不第,遂入嵩山修道,後承玄宗
召見入京師,不久他也舉薦李白進長安。當時,李白早已詩名滿
天下,在拜見賀知章時獻上〈蜀道難〉與〈烏栖曲〉,賀知章大
為讚賞,而稱之為「謫仙」,並向玄宗引薦李白的詩文。玄宗甚
為欣賞,天寶初年於金鑾殿召見李白,特賜「供奉翰林」一職為
玄宗寫詩文娛樂,隨侍皇帝左右享盡殊榮。

　　但李白見當時的玄宗宴樂苟安無所作為而大失所望,便在長
安日日飲酒作樂。一日,宮中牡丹盛開,玄宗與楊貴妃賞花同樂
時,下詔「李翰林」作新詞交樂師們演唱。當時,正在酒樓喝酒
的李白,恰如杜甫詩中所描述:「李白一斗詩百篇,長安市上酒
家眠,天子呼來不上船,自稱臣是酒中仙。」酩酊大醉的李白被
抬回宮中,在半醉半醒中寫下流傳千古的三首〈清平調〉,但卻
因醉眼惺忪時曾伸出腳來請權宦高力士脫靴,而種下日後受讒被

▶左:作者遊李白故里
　右:李白故里的碑林

冷落的禍根，終至辭官南下。安史之亂被平定後，又逢永王李璘
起兵失敗，李白曾任永王幕僚受到牽連險遭不測，後蒙郭子儀搭
救而改為流放夜郎，晚年雖被赦還，卻抑鬱而終。

　　我對李白的認識，始於童年時代朗朗上口的那首〈靜夜
思〉，及耳熟能詳的勵志典故「鐵杵磨針」。成年後我最愛吟誦
〈將進酒〉，心中鬱悶時反覆吟誦此詩，隨著跌宕起伏的韻律，
不識酒滋味的我，也醺醺然遠離塵世的擾攘，進入超凡空靈境
界，情緒驟然開朗。因而對李白詩文的喜愛與日俱增，總想走訪
「李白故里」以仰慕遺風，探尋遺跡。

　　二○一○年九月十七日，我與加州文友們來到四川省江油
市「李白故里」。江油市如今屬綿陽市管轄，距汶川縣約一百二
十公里。因二○○八年五月十二日汶川大地震的影響，「李白故
里」受損嚴重，我們到訪時災後的重建工作雖已大致完成，但地
震時損壞的遺跡四處可見。

　　我們一行人首先來到「太白碑林」。佔地三百餘畝的碑林
位於江油市青蓮鎮天寶山，這個集園林、書法與石刻藝術於一體
的碑林，包括「首碑廣場」、「巨碑廣場」與「石柱碑」和「梯
碑」，碑文內容以李白詩歌為主。入口處少年李白雕像後的影壁
上，有趙樸初所題「太白碑林」四字。

　　文友們在碑林中紛紛找尋各自所喜愛的詩句，並專心欣賞書
法名家的傑作。我特別喜愛祝枝山寫的〈蜀道難〉，才子的詩句
與名家書法相得益彰，我駐足欣賞良久不忍離去，彷彿見到當年
賀知章讚許李白的景象，這「太白碑林」中記錄著詩仙李白瀟脫
自然的詩句，悠遊其間令人陶醉、神往。

　　離開「太白碑林」後，我們前往「清風明月園」與「邀月

台」，此二景點以李白詩中的「月」為主題，許多雕像坐落於園中，每座雕像的月形及人物表情與李白詩文內容相呼應。我在李白高舉金樽的雕像前攝影留念，遙想他書寫〈將進酒〉詩文中「人生得意須盡歡，莫使金樽空對月」的那份灑脫浪漫、狂放不羈，這「詩仙」之名李白真是受之無愧啊。一行人繼續漫步於園中，我低聲吟唱著李白的詩句，偶有陣陣涼風拂面，似乎也能感受到才子失意時邀月共飲獨自醉去時的那份孤寂。

行程最後是參觀李白故居──隴西院，這是李白全家遷入清蓮鎮後的居所，因其父祖籍而得名。此院歷史悠久，唐代初建，宋代在遺址上重建，明代曾遇兵災，清乾隆年間重建，二○○八年五一二北川地震後損壞嚴重，我們到訪時大都已修復。

隴西院是李白青少年時居住的地方，西邊的小四合院是李白真正的故居。李白自幼愛動、愛模仿，經常見父親在庭前院中舞劍，耳濡目染又經父親指點後的少年李白也愛上舞劍，十七八歲時曾拜蜀中趙蕤為師。

我流連於寬敞院中，耳邊彷彿響起陣陣詩歌吟唱聲，一位血氣方剛的少年在院中藉舞劍以明志：「三杯拂劍舞秋月，忽然高詠涕泗連」（〈玉壺吟〉），「撫長劍，一揚眉，清水白石何離離」（〈扶風豪士歌〉）。這「撫長劍，一揚眉」又該是何等意氣風發！

在「李白故里」短短數小時的參觀仍意猶未盡，心中卻永存對這位偉大詩人的欽佩與感念。

輯二

親情

婚戒

一九九三年，外子從美國到台灣來與我結婚，我為他挑選了一枚玉戒指，一片厚實的翠玉，墨綠與淺綠如雲彩般融合，鑲嵌在純金的指環上。我沒問外子無名指的尺寸，所以訂製的是沒封口的活動指環，方便隨意調整。這枚散發著溫潤靈氣的玉戒指，結婚那日套在我夫婿的無名指上，成為中美聯姻的見證。

在我訂下這枚玉戒指前，外子請返台度假的朋友帶來測量指環尺寸的量環，確定我無名指的尺寸後，他在美國為我訂製了一枚結婚戒。在電話中他對我說道：「那是枚很精緻的鑽戒。」結婚日前一晚，外子取出盒中的戒指，嚴肅地問我：「妳願意嫁我為妻，與我廝守終生嗎？」鑽石的耀眼光芒閃得我一陣眩暈，我含笑點頭後仔細端詳這枚鑽戒。眼前這枚鑽戒，是枚極特殊的套戒，外圍一圈層次參差的小圓、方鑽石，拱著中間這枚將近一克拉的祖母綠，它華麗高貴得超乎我想像。但瞬間我的思緒平穩下來，意識到它對我的意義非凡，不僅

◤作者與夫婿合影於倫敦溫莎古堡

因為耀眼華麗的外表，更是我盼望多年的婚姻生活，將從它套在我無名指那一刻開始，而我將如何經營？才能如堅實的鑽石與溫潤的翠玉那般耐得住生活歷練！

婚後外子返美，我仍繼續留在台灣完成工作上的合約，在那個電腦與email並不普及的時代，我與外子除魚雁往返互訴思念之情外，每週還固定通一次越洋電話。一日，並非我倆約定通電話的日子，我接到外子來電，他語氣憂傷地告訴我，在整理庭院時弄丟了戒指上的玉片，遍尋不著很難過，更擔心我不悅。聽到電話那端他緊張不安的語氣，我連忙安慰。回想當我買戒指時，沒想到請店家強固玉石與戒座，僅憑強力膠沾黏，掉落是難免的，於是安慰外子，答應再找枚玉片補上。放下電話，翻開結婚相簿，幸好婚禮當日，外子請攝影師拍下我二人兩手相撫展示婚戒的鏡頭，但想著遺失見證婚姻戒指的事實，一陣悵然湧上心頭。此後我一直留意尋找理想玉片，想為夫婿再打造一枚玉戒，但總是不如原先的美好，直到我離開台灣。

婚後第三年，我們結束空中飛人般的兩地探訪式生活，搬到美國與夫團聚的我，在夫婿耐心地照顧下，我逐漸適應美國生活，事事都朝美好邁進。一天清晨，我在睡夢中被外子叫醒：「家中進賊了！」我急忙奔出臥室，只見起居室內音響、電視都被搬空，車庫門大開，我的新車也被開走，顯然是被竊賊用來搬運音響、電視。

生平首次遭受此種劫難我震驚不已，突然想起我的結婚戒。原來竊賊由車庫進入起居室、餐廳、客廳，我們沉睡於另一端的主臥室中絲毫不受驚擾，而我每日下班回家後，習慣將皮包掛在餐桌椅背上後，脫下婚戒放入盒中再收到皮包內，然後開始我洗

手做羹湯的家庭「煮」婦工作,如今竊賊既已進入客廳,我的皮包肯定不保。回頭一看,果然,掛在餐桌旁椅背上的皮包已無蹤影!那一刻我跌入悲傷的谷底,一種極深沉的悲傷永遠銘刻於記憶深處。

那份欲哭無淚的悲傷激發了我的寫作欲望,我寫了一篇短文——〈失落的同時〉,投登於《世界日報》,在文中我寫道:

……我悲傷的真正原因,絕非心痛那鑽戒的價值,而是想到這枚戒指的代表意義。他向我求婚時為我套上戒指的那一幕,我永難忘懷,因從那刻起,兩個人的心緊緊繫在一起。……

知心好友宜安,在我婚後曾送這句話給我:「夫妻間最難的是共度困境,但相互扶度困境的過程卻是充滿情意的。」不知為何,在我失掉婚戒時對這句話特別有感觸,都說婚戒是婚姻幸福的吉兆,如今我與外子的婚戒都丟失,難道這是婚姻道路上的凶兆嗎?不,我相信事在人為,只要我倆用心經營,婚姻幸福的鎖匙總握在自己手中。

保險理賠後,外子一直要再為我買枚婚戒,但丟失婚戒的陰影揮之不去,我擔心再有閃失,告訴自己:「已深植我心的這枚婚戒,會引導我妥善經營這段異國婚姻。」

就在這時,我朋友因退休而出售她的小商店,外子也有心將原先的生意擴大,保險公司的理賠剛好夠我們盤下這小店並擴展生意。我二人努力經營,竟將生意逐漸擴展成進出口小商行,每年在全美各地參加展銷會,披星戴月地四處奔忙,我倆將之視為順道旅遊樂在其中。一次次被拒絕的銷售,也擋不住我們繼續尋找新客戶的決心。在營商中我學會更多的溝通——與客戶、與買家,原來學習無處不在,順境固然欣喜,逆境更要冷靜面對,這

種理論「知易行難」，若非實際面對，實難體會箇中憂喜。而我與外子既是生活伴侶也是生意夥伴，難免有意見不合處，但總在彼此坦誠溝通後一笑了之，我倆的默契也因此愈發緊密。

在我們結婚十五年的紀念日，我再度戴上外子為我買的一枚鑽戒，為著紀念我們共同生活這十五年，也歡慶我們彼此都更懂得珍惜。那年外子說，我不用再為他尋找婚戒上的玉片，我本身就是他珍惜的「玉」，不僅因為我名字中的「玉」，而是這些年共同生活中他的體驗。

三年前，外子不慎跌倒後，我常挽著他拄著拐杖慢慢散步，甚至推著輪椅陪他觀賞他想看的展覽。我們都知道，彼此都已不在意是否戴著婚戒，但一定會相互扶持在婚姻路上繼續慢慢前行。

◤作者與夫婿的婚戒照

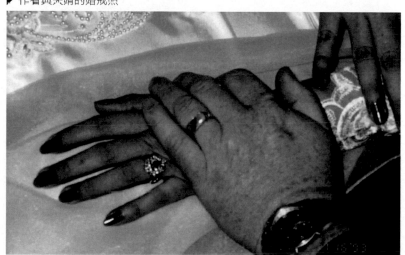

告別四十

　　女兒與我都是十二月的壽星，我的生日比女兒早九天，女兒是聖誕節次日出生。以往我與外子經營禮品生意，聖誕節前後異常忙碌，總無法愜意與女兒享受慶賀生日的天倫樂，二〇一六年春結束生意後我們終能與女兒共同為彼此慶生。

　　去年與女兒歡度感恩節後，她就邀我們夫婦去她家共度耶誕與新年。耶誕節當天早上，她送我一份她精心選購的禮物——智慧型體能紀錄手環。打開禮盒後我高興戴上，女兒則在將資料輸入電腦後向我說明用法，教我如何將每餐名稱與熱量輸入，並教我查看各種飲食的熱量。不看不知道，一看嚇一跳，一個花生素粽竟有四百多卡熱量，而我辛苦走四十五分鐘後也不過只燃燒二百五十多卡，知道這具體數字後，今後真不敢隨意貪享口欲之歡。

　　說起女兒這份溫馨禮物，其中的確包含她的良苦用心——最近兩年我的身體頻出警訊，先查出甲狀腺腫瘤後又發現肝臟有囊腫，雖然抽液檢查後前者非癌，後者也無大礙，但二者都須追蹤檢查，日常生活仍不可大意。女兒認為我平日飲食無度以致體重超標須改進，掛個手環在手腕，隨時查看自己的食入與消耗數據，不失為理智瘦身之良策。

　　每年為女兒準備生日禮物是件大事，今年女兒卻主動說要我以成功瘦身作為她的生日禮物，她送我這手環就是在助我完成送她的生日禮物。

　　節後女兒陪我去逛街，進入一家不常去的女裝店。女兒最愛

為我添新裝，見衣架上掛滿新衫，將所有我喜歡的樣式都放入購物車。女兒陪我試穿的結果只有二件不合身，她為我買下所有合我意的衣衫。但在回家後，卻嚴肅地對我說，這次只送我二件，其他衣衫要等我完成瘦身計畫後再來領取。

聽完女兒的話，外子首先叫好，他近年為高膽固醇與糖尿病所苦，超重的身材「屢減屢敗」，當然希望我別步他後塵。我移民來美後被美式高糖高脂食品所誤，身材走樣，健康堪憂，這些年更自暴自棄放任體重飆升以致疾病上身。女兒此番有獎瘦身計畫對我是愛的提醒，為不讓愛我的家人擔心，我欣然接受女兒的建議。女兒隨即拿出軟尺為我量腰圍，在月曆上寫下「四十」，這是瘦身計畫開始時我的腰圍數，並記下我的體重。女兒這個有獎瘦身計畫，為我定的目標是三個月後腰圍要減五吋，體重要減十磅。女兒並說，腰圍與體重略減後穿上那些新裝會更好看。

過完年假返家後我開始有計畫地瘦身，少吃多動是前提，捨棄愛吃的甜食以表減肥決心，在電腦上詳細記下每餐飲食熱量，每日堅守「出比入多」的原則，並要求保持每日熱量消耗要比吃入多三百卡的原則。儘管如此，腰圍與體重的變化仍微乎其微。

天下事努力就會有收穫，雖然我的腰圍與體重只有微乎其微的變化，但數週後我再做超音波檢查，以觀察我右甲狀腺腫瘤的近況，結果是「腫瘤未增大，情況穩定」。二年前身體檢查，發現我右邊甲狀腺中的腫瘤內血管豐富，長勢也不可小覷。雖經抽液化驗非癌，但醫生仍囑咐我每半年做一次追蹤檢查，以防腫瘤惡化。如今得到這好消息心中自然喜樂，速將消息告訴家人，並對女兒說，我仍努力瘦身中，體重與腰圍改變雖慢，但身體狀況卻已有改善，相信瘦身計畫會成功。

　　為自己健康也為女兒的孝心，我定會讓自己的腰圍「告別四十」。

父親的思鄉豆茶

　　窗外雖陽光普照，但院中那棵老樹上的枯枝，卻在瑟瑟寒風中抖動。這一景象開啟我的記憶匣，難忘兒時南台灣的臘月，許多人家院中高掛的香腸、臘肉在陽光下泛著油光，在冷風中飄著淡淡肉香。又該是滿院年味時節，我家過年的特殊風味年食也從記憶匣中飄出。

　　我祖籍是浙江餘姚，每年過年父親總不忘準備一大鍋「豆茶」，他說那是他家鄉的習俗。我自幼喪母，身兼母職的父親總為變換菜色而煩惱，唯獨對除夕夜「煮豆茶」充滿盼望。

　　豆茶的材料以紅豆為主，父親總在時序進入臘月的頭幾天就將材料備妥，一大包飽滿紅亮的豆子，配上花生、桂圓乾、黃砂糖，再加上寧波年糕，在無數個除夕夜為父親圓了一場場思鄉夢。除夕一大早，晚餐的準備工作就緒後，父親戴上老花眼鏡，坐在敞亮的前廊挑揀豆子中的雜蕪後沖洗浸泡，花生在浸泡後的剝皮工作是我與妹妹的最愛。

　　浸泡好的紅豆仍須長時間以小火燉煮，父親在旁守候，控制火候不時攪拌，我與妹妹則坐在一旁聽父親講古。父親說在家鄉的除夕夜，他也愛陪著他祖母煮豆茶。家鄉的豆茶是以木匠刨木頭剩下的木花來燉煮陶罐中的豆子，燉出的豆汁香濃可口，豆子綿軟細滑，加上配料後就成為他終生難忘的家鄉年味，說著說著父親的眼角滲出淚水。

　　我與妹妹總在豆茶燉煮完成前進入夢鄉，大年初一清晨，我

們的早餐就是這碗加入寧波年糕後的豆茶，香濃甜美的紅豆，綿軟的花生，粒粒飽滿的桂圓肉，配上嚼勁十足的年糕，組成我記憶中的年味與情味。父親說，在家鄉「豆茶」也是用來招待拜年客人的茶點，算是江南地區的細緻甜點，兒時的我則視它為一年一度的「期待」。

隨著時代轉變，父親用來煮豆茶的材料愈來愈精緻，雖仍以紅豆為主，但捨棄花生改用蓮子後又加入板栗，用來燉煮的火候也由難以控制的煤球爐變為方便的瓦斯爐，唯一不變的是我與妹妹依然愛聽父親叨唸著曾祖母燉煮豆茶的古法。

後來我出嫁了，每到農曆新年我總會準備豆茶以招待客人，並對訪客們說，這道點心也是父親給我的一份「嫁妝」。父親過世後我移民來美，每年除夕夜燉煮豆茶的習慣也隨我漂洋過海而來。

我獨守著爐火上的豆茶，靜靜回想兒時的年節情境，掀開鍋蓋攪動香濃的湯汁後，淚水緩緩落下，我終於明白父親烹煮豆茶時的心情，他在攪拌鍋中豆茶的同時，也攪拌了他的懷鄉思親之情。

穿上外套，我大步走向車庫，又該是我上街採買，準備攪拌一鍋懷鄉思親之情的時節了。

女兒的寵物情懷

　　家有獨生女，年幼時最煩惱的問題之一就是在她孤獨時為她找玩伴。就在我不知所措時，女兒明白表示她想養條小狗。那時我住學校宿舍，鄰居都是同事，彼此間消息傳播迅速。一位老師的親戚家有待售的小狗，因為是名種馬爾吉斯犬故價格不菲，為女兒著想還是買下這玩伴。女兒替胖嘟嘟的狗兒取名為「嘟嘟」，有「嘟嘟」為伴後女兒開心極了！從此註定她與寵物的不解之緣，那年她八歲。

　　「嘟嘟」加入我們的生活後，不但充實女兒的生活也使她行事較積極，因此照顧狗兒的工作完全由我擔任我也樂意，畢竟女兒還小。

　　不知從何時開始，女兒竟獲得疼愛小動物的「美名」，這大概緣起於她總愛收養流浪貓狗吧！放學後她常要我陪著給學校附近的流浪貓狗餵食，甚至將剛出生的小狗帶回家餵養，她對弱小動物的悲憫情懷自幼可見。

　　數年後我們移民來美，無法帶「嘟嘟」同行，幸好同事為我們找到收養家庭。到美國後的第一年，女兒忙著適應一切，課業繁重，無心飼養寵物。高中畢業那年，我們收留了一隻流浪貓。這是女兒首次飼養貓兒，為此她特別到圖書館查資料，回來與我討論貓的習性。她發覺照顧貓的起居較簡單，只須準備一盒貓沙，省去外出遛放的時間，貓兒的溫馴如同狗兒的活潑一樣，滿足了女兒疼愛小動物的心田。

　　大學畢業後，外出工作的女兒與室友都是獨生女，二人商議要養寵物，到收養之家領了二隻混種波斯貓。那是一對姐弟貓兒：姐姐全身深咖啡色，明亮的軟毛配上靈活的雙眼，俊巧的小臉令人好生疼愛；弟弟長得虎頭虎腦，有張如白老虎般的面孔，行動不如姐姐秀氣，但淘氣得很惹人喜愛。我初次見到這對貓兒也十分歡喜，只是對初出校門薪水微薄的女兒來說，當月薪水付完房租與必要開銷後，再付貓兒打針與節紮的費用後所剩無幾，我想補助女兒卻被婉拒。看她擁有寵物後的滿足神態，不免想起她喜愛「嘟嘟」時的神情，多年來女兒心疼小動物的心思從未改變。

　　近年，女兒工作穩定，買房後曾一度為貓兒破壞新家具而煩惱，幸而耐心解決困擾後，與貓兒們的情感也更深厚。因女兒與室友按時為貓兒做身體檢查及注射預防針，使貓兒身體一直康健。孰料半年前，兩個女孩度假歸來，發現貓姐無法進食，送醫診治發現是「尿毒症」，情況危急。女兒聽說後在醫生面前痛哭，事後聽女兒敘述當時心情我也心痛。想到女兒一向心疼小動物，十歲那年聽說我父親為她養的小黃狗過世，也是嚎啕大哭。貓姐接受住院治療後病情稍穩，但回家後病情反覆，幾度病危，那陣子女兒情緒非常低落。最終，醫生製作一份醫療方案，教女兒依照方案為貓姐餵藥、打針及餵食。貓姐被帶回家後仍十分虛弱，無食欲也無法自己進食，看著牠痛苦的模樣真令人難過。女

1：貓姊弟之一
2：貓姊弟之二
3：貓姊

兒每日親自照顧貓姐的餵食與用藥，每餐用針管餵進貓兒口中，間隔二餐中還要餵藥。最花時間的是為餵食，因需較長時間，女兒必需早睡早起。如此周全照顧總算救回貓姐的「老命」，去診所回診，獸醫驚訝貓姐竟逃過鬼門關，連聲說道：「Labor of love」，意思是說貓姐這條命是「愛的勞力」換來的。

「尿毒症」這種慢性病須長期細心照顧，這半年多對貓姐的辛勞照顧女兒從不嫌累，不借他人之手的細心照料女兒毫無怨言，並因此而放棄她最愛的旅遊，甚至犧牲睡眠關注貓姐病中的狀況。

我在旁看她小心翼翼地為貓姐做皮下注射，結束後輕輕拍撫貓背，心裡想著，她是在用愛照顧陪伴她的寵物。從小她就與寵物們相處甚歡，現在她不忍看牠們得病受苦，這份對寵物們愛的情懷，真讓我感動！

輯三

我聞・我見・我思

前妻

　　湘怡家早餐室與廚房間的牆上，掛著一幅手工刺繡的大公雞，昂首挺胸，神態十分傳神。不同於蘇杭刺繡那般秀麗，這隻公雞身體部分的針法有些粗獷，我好奇地問過幾次這幅刺繡的來歷，湘怡總是默不作聲。

　　連續幾天酷寒，天氣終於轉暖，我正要外出購物，卻接到湘怡來電邀我到她家喝茶。匆忙買完日用品後我趕往湘怡家，她已備好茶點。嚥下幾口熱茶後，湘怡慢悠悠地說了一段故事，那是將近三十年前的往事。

　　退休前的湘怡在台灣任公職，個性外向開朗的她與同事相處融洽，許多人的家務事也都在她的熱心關切中。秦胖子是他們辦公室的開心果，總逗得大夥樂呵呵的。有陣子他忽然沉默了，兩眼呆望著窗外，緊鎖的雙眉如難解的盤扣，湘怡看在心裡暗自納悶。

　　與許多流亡學生相比，秦胖子的際遇十分令人羨慕，來台後順利復學，半工半讀完成學業，如願考上公職，又娶到賢妻為他生了一對可愛的雙胞胎，日子過得無憂無慮，想不出有任何令他發愁的理由。湘怡找機會與秦胖子閒聊，很容易就撬開湘怡認為可能緊鎖的話匣子。

　　秦胖子說，他十一歲那年在山東老家，奉父命迎娶了一位大他八歲的妻子，他說在他的家鄉這是極普遍的現象。婚後的秦胖子，只覺得生活中多了一位盡責的專職保姆。直到十七歲進省城

念書前，他才和妻子圓房。到省城後不久，接到父親請人捎來的家書，他即將為人父，這個消息並未令他雀躍，因為他自己還是個孩子。得知妻子順利生下女兒後，他利用假期回家看了一眼這個既陌生又親切的小生命。再度回到學校後不久，緊張的抗日局勢，迫使他跟隨學校輾轉搬遷，愈搬愈遠，終於來到了台灣。度過幾十年與家鄉完全不通音訊的日子，他幾乎忘記那段受父命完成的婚姻。最近輾轉與老家的弟弟取得聯絡，許多不幸的事故令他傷感，以致這些日子的情緒變了調。

秦胖子的父親是大地主，文革期間全家受難自不在話下。他的女兒也在那時病死，這位「老妻」雖痛失愛女，仍克盡孝道為公婆養老送終，如今她與秦胖子的弟弟一家人相依為命。得知實情後，秦胖子滿心愧疚，想接「老妻」來台團聚，以報答她替自己孝養雙親的恩情，只是眼前橫著一件難事，如何說服在台灣娶的妻子容下「老妻」？

湘怡一口氣說到這兒，抬頭望一眼那隻掛在牆上的刺繡人公雞，嚥口茶水後又接著說。

秦胖子的台灣妻子真是通情達禮，居然答應了丈夫的要求。解決了自家的問題以後，秦胖子又面臨另一個難題：當時法令規定，由大陸來台依親的家屬，須在第三地如香港住上一段日子，以等待入境。如何在第三地安排「老妻」暫住？這問題又難倒了秦胖子。

幸好有熱心的湘怡請她在香港的表姐協助，秦胖子迎接「老妻」的計畫才得以實現。就在「老妻」抵台後不久，秦胖子帶著她到湘怡家道謝，這位「老妻」親手為湘怡刺繡一幅「公雞報曉圖」做紀念，以感謝她的協助。湘怡邊道謝寒暄，邊打量秦胖子

身邊裹著小腳滿臉皺紋的老婦人，她與衣著光鮮亮麗的秦胖子相比，二人年齡上的差距豈止八歲。

當天他們交談的內容湘怡已完全忘記，只記得心中有股難以言喻的感傷，為這位辛苦一生盼望與丈夫團聚的女子而感傷。

雖然圓了與丈夫團聚的夢，但「老妻」的日子並不快樂，她病了，是水土不服也是心病。終於聽到秦胖子說要送她回山東老家，而且是她自己要求的。

湘怡休了半天假，去秦胖子家看望這位婦人，她此行事先沒告訴秦胖子。獨自在家的婦人見到湘怡又驚又喜，如見到至親般眼角泛著淚。她拉著湘怡的手坐定後，抿著乾癟的雙唇怯生生說道：「我要回去啦！我想家。」顯然台灣並非她理想中的家。好一陣子，兩人相對無言，湘怡不知如何安慰眼前這位歷盡滄桑的婦人，只默默地點點頭。

婦人呆滯地望著窗外許久，終於開口了，她彷彿在對湘怡說一個久遠的故事：「自我與他拜堂成親以來，我從沒享受過丈夫的疼愛，每晚哄他睡著後，我以刺繡打發時間。他睡醒後我的生活就圍著他轉，我最盼望每天早晨替他穿鞋襪，我喜歡他把腳放在我的身上，我等待著他用雙腳搓揉我的小腹，我故意將穿鞋襪的時間拖得很長。」她說到這裡，嘴角的線條也柔和起來。

「我的日子就在這種等待與盼望中度過，雖然後來我們有了孩子，但他卻離我愈來愈遠。做了一輩子他的媳婦，我對他最熟悉的感覺就是他用雙腳搓揉我的小腹，等著我替他穿鞋襪。幾十年過去，我現在再見到他，卻發現他已經不是我盼望和等待的人了。」這位與湘怡只見過兩面的婦人，對湘怡說出令她難忘的往事。

　　說到這兒，湘怡起身添些茶水，站在那幅刺繡前對我說：「昨天我打電話回台灣向老朋友拜年，聽說秦胖子已經過世了，不知他的『老妻』是否還在人間？」

　　離開湘怡家，我小心翼翼地駕車行駛在積滿冰雪的道路上，腦海中卻不斷浮現出一位踽踽獨行婦人的身影──是誰拋棄了她？是時代或是命運？

握別

接到梁的留言，要我去看霞，說她病了。我回電探問究竟，原來霞病得不輕，是肝癌。

許久沒和霞聯絡，她一年多前搬家我都不知道，梁是在替霞賣房子的時候，得知我與霞是舊相識。

在美與霞重逢是將近一九九七年的事了，那時候她才四十多歲，有份藥劑師工作，令人羨慕的高收入，使她的單身生活過得相當富裕。

因為在學校時，兩人還算熟識，所以她與我再見時，有份他鄉遇故知的激動。沒多久，她聽說外子要帶我與女兒回猶他州探親，她想和我們同行，因為單身一人終日埋首工作，旅遊幾乎是件無從開始的遙遠事，聽說猶他州附近幾處國家公園風景極佳，她想放下工作玩幾天。我是天生好客的熱心腸，一口答應，卻惹來外子的不悅，他說這次是返鄉探親，不宜有外人同行，但最終仍拗不過我，還是請霞同我們一道上路了。

人與人之間個性的差異，往往要經過較深入的接觸後才顯現。這次我不顧外子反對堅持請霞同遊，卻發現她有許多令人驚訝的偏執與孤傲，惹惱了性情溫和的外子是我始料未及之憾事，也因此種下我與霞之間無法深入交往的嫌隙。

此後數年，我與霞僅保持著一般朋友的往來，這種淡如水的交情與我的個性迥異。每逢年節，我總因為不能邀請她來家歡聚而感到不安，但她並不在意。我從她隻言片語中得知，其實她也

沒有特殊好友，平日常往來的也只是些教會朋友。每當想與朋友談心時，她總是以越洋電話與我倆都熟識的台灣老同事聊個沒完。

好一陣子，我們整年也見不上幾面。有一次，她買了輛好車，開心地與我分享擁有愛車的喜悅，我覺得那是她給自己辛勤工作的犒賞。但她也向我傾訴過生活中的無奈，認為孤身一人在美國生活實在辛苦，房子的修理保養總是任由工人漫天要價，這時的她，常疑神疑鬼，生活得極不開心。

不記得我們有多久沒聯絡了，再次得到的竟是她病重的消息，我心中很是難受，帶著一份自責，趕忙聯絡去看她。

要面對得了這種絕症的病人，我有些膽怯，不知要如何開口問候。沒想到，霞見了我卻十分泰然，言談間仍不時顯露出她慣有的強勢與偏執，對於她的病症，她不許我多問，只說狀況很不好，四期癌症，已轉移。我突然覺得她太堅強了，面對如此病情，以及　連串生死攸關的決定，著實不易。最後她選擇化療，而且是自願接受新藥試驗。事後才知道，醫生為她畫下美麗憧憬，她以為接受治療後還會有兩年壽命。

我去看她時，她正要開始接受第一次化療，聽她說起化療後想吃些可口又營養美味的食物，卻苦於無處可尋，我立刻答應效勞，她感動得落淚，我更是感到心痛不已。孤身一人在異鄉重病而又無人照顧的淒涼，對任何人來說，都是一份無法言喻的痛。

那陣子我總是提早上班，經過她家送上一份她需要的餐點。有一次，她對著我送去的菜餚落淚，說道：「小時候太窮了，哪能吃到這種好菜。」後來幾次的談話中，她逐漸透露出一種深藏心底的恐懼，原來她的生活極度缺乏安全感，怕窮，怕再過苦日

子，怕老無所依。於是拚命工作，努力存錢，即使藥劑師這份高薪工作，也無法化解她心底的這份不安。她哪知正是這份沉重的不安情緒，在她體內鬱結成致命的病根。

第一次化療後不久，她體力逐漸贏弱，胃口也轉差，霞似乎意識到自己來日無多，開始積極地與老友話別。我每次去看她，總見她翻查電話本，不停地與老友聯絡。有次她告訴我，正在找一位台灣早期一同任教於國中的老友，但卻忘記了這位老友的名字，為此她十分懊惱。因她總以記憶力超強而自負，無法接受自己的退步，即使得了重病，她也不能原諒自己。

雖然病體日衰，霞的淺意識中仍不停盤算自己的未來，她要我陪她去社會安全局，再度與官員面談。她不相信，月薪七千元的她，退休後每月的社安金只有一千多元，她說那不夠她每月的正常開銷，她要去理論。儘管她已虛弱得無法多言，仍不放棄為醫生答應她的兩年生命努力找金錢的依靠。我看她靠在社安局大廳座椅上虛弱的模樣，心中難免感慨！一生精明的她，為何對自己生命中最後的日子充滿不切實際的妄想呢？隨後我又不忍苛責，畢竟是面對生死攸關之事，雖然精明如她，也不知「實際」為何物了。

化療使她愈來愈虛弱，但這是她唯一的希望，她堅持繼續化療。無奈性格孤傲的她，辭退了所有會開車的日間看護，只留一位夜間看護。我替她找來一位個性十分平和的駕駛，僅與她相處三、四小時，也不免與她發生爭執。她向我抱怨，為何她有錢也找不到理想看護？其實這個問題源自於她個性的盲點，她從不知，高標準律己可行，但高標準要求他人，永遠也找不到理想人選。

　　第二次化療後當晚，我趕去看她，她精神很好，我暗自為她歡喜，希望能見到顯著療效。因為我將返台，她拜託我為她找失聯的老友。我離開她家時，不知怎地，心中頓時生起陣陣不捨，彷彿感到她已來日無多。

　　返台時間雖短暫，但我仍認真為她找尋失聯老友，無奈年代久遠，人事變化如霧散雲消已無跡可尋。

　　帶回來這失望的消息，我不忍立即去看霞，只推說我旅途勞頓，休息數日後再去看她。隔著手機，那端傳來她毫無生氣的語調，一股透心涼的寒意令我方寸大亂，只聽她吐出一串絕望的字句：「我真後悔做化療，晚了！」

　　果然，我臨行前的預感應驗了。帶著她最熟識，又經常通越洋電話的那位台灣老同事送她的禮物急忙趕過去，只見她動也不動地蹲縮在床上，絲毫沒意識到我的到來。我已得知她完全放棄醫療，正在等待生命結束。其實每個人的生命都是一天天接近死亡，但我見她如此孤單地走向生命盡頭，格外感傷。

　　我知道這可能是最後一次見她，在她床邊站立良久，終於等到她略微清醒。我彎腰俯視著她對生命絕望的空洞眼神，等待死亡的無助與無奈，如寒冬臘月的飛雪，澈底凍結了她面部的表情。她看了一眼與她最熟識老同事送來的禮物，眼神卻冰冷如霜，似乎不願再為這份友情留下任何眷戀，因為即將離世的她，帶不走她想帶走的任何東西，或者，她完全不知要帶走些什麼？

　　該走了，我伸手拉起她的手，緊緊地握著。這緊緊的一握，握出所有我想說卻無從啟口的千言萬語，也握出了所有我對她的不捨。這短暫的緊密接觸，為我倆數十年的交往畫下句號，從今後，留在我記憶深處的將是這份了無生氣的淒涼接觸。她真的倦

了，乏了，陪她打拚的手向我傳遞這份訊息。轉身離去我沒回頭，我正默默咀嚼與老友握別後的哀傷。

　　兩天後的清晨，我手機留言中多了一份訊息，她走了，我是她交代要通知的朋友之一。沒有追思儀式的離世，為她的孤獨離去更添哀戚。這些日子，每當我經過離她故居最近的街道時，心中總泛起與她握別時的陣陣感傷，這緊緊的一握，已印在我心深處。

候鳥族

　　美國有種居無定所之人，住在活動汽車屋（Mobile Home）內，顧名思義這是一種能移動的車子。多數擁有這種活動車屋的車主大都隨天候移動，冬季停留在暖和處，春末夏初就移至涼爽地。當然，這種移動房車也是旅遊者的最愛，看到美景不願離去，只須找到這龐然大車的停休處（RV PARK），便可就地停宿，車上有臥室廚衛，舒適如居家。如此靜可安如家宅，動可遊賞美景的房車，在上世紀曾讓我心動，但終究沒能化心動為行動，多因我「安土重遷」的觀念重，雖愛遊賞美景卻不想過腳不沾土的日子。

　　我們之所以對這種活動屋動心，是源於我洋夫婿的至交所

左：大型活動屋
右：以車拖行的活動汽車屋

影響。二十世紀九〇年代初期，這對夫婦退休後，孩子們各奔前程，他們進入了空巢期，變賣了俄亥俄州（Ohio）鄉下佔地兩英畝的房地與家具，買了一輛全新的Mobile Home（活動汽車屋），悠遊於全美各州，甚至出境到墨西哥與加拿大，過著像游牧民族又像候鳥一般的退休生活，春末夏初開往北方遊歷，瑟瑟秋風逼人前，他們已回到溫暖的南方。一次，他們開著龐然大車到我家，我如劉姥姥進大觀園般上車參觀，見識到內部一應俱全的設備，一時衝動有些心動，但事後冷靜想想，除無法接受長期遊走隨處安居的生活方式外，我自知無法駕駛這種大車，長途開車只靠先生一人，我可不放心。

雖沒買下活動屋，但與這種候鳥族的接觸未間斷。數年後，外子的好友在亞利桑那州南邊一個活動汽車屋聚集的小鎮，買下四分之一英畝的土地，停放他們的活動車屋，又蓋了一間儲藏室與一間包括衛浴設備的小套房，並整理出足夠停泊兩輛大型活動

▶ 愜意的候鳥族

汽車屋的空間，準備同是候鳥族的親友來訪。又在土地的四周栽種果樹及常綠喬木，以美化景觀，算是又有了一個固定的家。但當地從春末到秋初，有半年的時間酷熱如沙漠，不適合居住，他們仍須往北邊移動。

自從我與先生經營禮品店後，每年會去賭城展銷會訂貨，朋友的沙漠居住地正在我們往返賭城的必經之路段，因此與朋友約定，每年春末或秋初他們回到或離開這據點前後，我們去賭城後就到這沙漠小鎮拜訪。那年我與外子初次造訪這小鎮，對這種遠離人群的生活甚感好奇，但也對這片荒漠所特有的寧靜別具好感。次年三月我們再度造訪，友人興奮地告訴外子，隔壁這塊地要出售，價位合理不須再添加任何設備，一切都是現成的。

外子聽後頗為認真地徵詢我的意見，我站在高度僅及我肩部的鐵絲網圍籬邊，凝視著隔壁的這塊土地──一間寬大的套房，現成的儲藏室外種植了幾株橘子和檸檬樹，早已結實纍纍，圍籬四周高大的樹木，足以說明這塊土地的主人在此居住已有些年歲。這時我耳邊響起友人妻子一段感性的獨白，她眼光凝望著遠方說道：「這裡的夜晚好安靜，尤其是晴朗的夜空，星星、月亮彷彿離我近在咫尺，我在欣賞那種不受任何建築物遮掩的自然景觀時，只覺得自己比珠光寶氣的貴婦還富有。」我邊聽她敘述邊想：開著活動車可隨意行止，山林間鄉野旁只要有停泊站，就可與大自然做最親密的接觸，但對我而言這種日子太超乎我的想像，欣賞大自然美景的方法有許多，何必如此顛覆我熟悉的生活方式？

於是我終於下定決心同「候鳥族」擦肩而過。

紫薇情

　　我對紫薇的喜愛，並非始於花而是始於人。

　　兒時我最喜愛的播音記者與著名歌星紫薇，她的歌聲甜美柔潤，百聽不厭，後來常在電視上看她演出，見她容貌端莊秀雅，對她更是喜愛有加。

　　我對紫薇花的印象則是模糊又充滿想像的，在台灣時完全沒見過這種花，我將它想像得如紫薇這位歌星一般秀美，因為是紫色，我又將它想像得十分浪漫，它在我心中的形象正如迎風拂面的柳枝一般輕柔飄逸。

　　移民來美後，我只短暫居住在俄亥俄州鄉下，就搬到了德州達拉斯。大約二十世紀九〇年代我家附近仍有許多空地，炎炎夏

▊紫薇花道

日一片片小黃花鋪天蓋地地盛開於龜裂的土地上，我對這些耐熱
又耐旱的小黃花十分敬佩，將之視為生之旅程的勇者。

　　不知不覺，這城市遷來許多新居民，空地上建滿了各式房
屋，有包含前後院的獨棟房子，有連幢公寓，也有高級公寓與百
萬豪宅。滿地的小黃花不見了，取而代之的是整齊美觀的綠化社
區與行道樹。盛夏的街道彷彿被曬得隨時會融化，但街道上生氣
勃勃的行道樹中有一種開滿各色花朵的花樹特別討喜，樹上開滿
大紅、粉紅、白色，更有深淺不一的紫色花朵，這些英姿煥發的
花樹，為酷熱難擋的炎夏，增添無限舒爽。

　　在享受視覺美的頭兩年，我並不知此種花樹之名，直到聽友
人談起，我家附近著名的大道上，有許多茂盛的紫薇，我慕名前
去賞花後，才知原來我隨處可見的行道花樹正是紫薇，而我竟住
在美麗的紫薇花城裡。從此每年春末到秋初，我總沉醉於「家家
紫薇，戶戶映紅」的迷情中。

▶近觀紫薇花朵

從我認識紫薇花後，開車外出總特別注意尋找此花芳蹤，發現「家家紫薇」的確非誇張之說，許多人家甚至是前後院都遍植紫薇，怒放的姹紫嫣紅透過院牆盛開於叢叢枝梢，在熠熠陽光下吸引無數行人的目光。

我開始仔細觀賞紫薇，此花在盛開期間，每枝樹梢結滿二、三十個花苞，每個花苞裂開後，生出六片小花瓣，簇擁著黃色的花心，花瓣呈皺縮狀圓形，邊緣有不規則的刻缺。紫薇花開於枝梢，遠遠看去像是一大朵花，走近才知這大朵花是集無數微小花瓣而成。看懂這點後，我覺得這紫薇的「薇」字真是道盡此花本色。這數十個花苞此消彼長持續不斷地開花，正如古籍上所述的「新花續舊枝」，所以紫薇花才會有長達百日的花期。春季百花凋零後，此花在盛夏與秋初獨占鰲頭，為枯燥炎熱的大地增添無限風韻，自然深得世人鍾愛。

紫薇花有四種花色，紅、白、紫、淡紅，古人認為紫薇以花色紫者為正宗，故稱紫薇。我看紫薇遠觀近賞皆迷人，故常在車中遠觀紫薇，特別能體會楊萬里筆下紫薇那份「似癡如醉弱還佳，露壓風欺分外斜」的風情。每當我走在紫薇花樹下，定會駐足細賞微小花瓣爭相輝映的韻致，更愛輕嗅瀰漫於花間的淡淡清香。

炎炎夏日常令人倦懶睏乏，但自從認識紫薇後，只要見到這些迎著烈日向著晴空的群花，我的精神就能夠為之一振。

謝卡

　　我收到一張謝卡，浪漫的紫色中印著銀色的條紋，再鑲嵌著銀色的「Thank You」兩字。想不到的是，我收到這張充滿生氣色彩、搭配著活潑親切字形的卡片的原因，是正式宣告我患了青光眼！

　　二〇一五年十月中旬，一陣劇烈頭痛提醒我，眼睛可能出問題了。果然，檢查結果我的眼壓高達六十以上，醫生幾乎懷疑是測試儀器出問題，幾次治療後眼壓仍居高不下，最終被轉診到青光眼治療中心。這個結果殘酷到令我心慌意亂，如今接到六位醫生聯名寄來的謝卡，說是感謝我信任他們，成為他們的病人。這讓人寬心，我知道病情將得到妥善的照顧。

　　仔細回想這些年眼睛的變化，也認真查找青光眼病情的資訊。原來，青光眼是因為眼睛中的房水無法正常排出，致使眼壓過高而造成視神經萎縮。難怪發病前，我總覺得眼前常出現零星光點，這大概就是眼中小水池內的粼粼波光影響到我的生活。又想到數月前，常感覺電腦屏幕光線太強，我猜這可能也是眼中積水的波光與電腦屏幕相互排斥所致，在不斷調暗屏幕光線的同時，我卻不知自己正逐步邁向失明危機。

　　這些年我總愛熬夜，早早患上白內障，年剛過五十就動手術換上人工水晶體。眼睛的提前老化並未警醒我要注意珍惜與保養，卻陶醉在現代精湛醫學成果中，逢人便說自己因禍得福，白內障手術澈底改變了我的視力，順便解決了跟隨我半輩子的近視

煩惱。初嘗眼前盡是清晰事物的喜悅，令我肆無忌憚消耗視力，終嘗樂極生悲的苦果，乾眼症與飛蚊症接踵而至，直至今日面臨青光眼。

　　手握這張倍感溫馨的卡片，我心底泛起絲絲欣慰，相信這些醫療專家定能助我脫離困境。遵照醫生指示服藥、點眼藥，雖為我免於失明鋪上平坦路徑，但藥物副作用所引發的皮膚過敏與心律不齊，卻在我剛平復的心情中又埋上陰影。所幸眼壓未受我起起落落情緒影響而平穩下降，病情較嚴重的右眼終於達到動手術標準。

　　青光眼手術前後都比白內障手術嚴肅，我也慎重應對。揭開紗布後的視力並不理想，但我仍對醫療團隊充滿信心，半個月後我的視力明顯進步，受損部分雖無法恢復，但病情不再惡化。

　　半年前得知自己可能失明時，我的心情十分沮喪，一向獨立的我，不願晚年須靠人照顧。如今已確定我的視力受損不多，雖日後將與數種眼藥共度餘生，但生活起居依舊能自理如常。感動之餘，除痛改往日作息習慣，更要對挽救我視力的團隊寄張謝卡，告訴他們，他們真的對得住我對他們的信任。

蘋果情結

　　蘋果公司創立者喬布斯的辭世，引來世人一片惋惜與哀悼，來自各地的弔唁者，放置在喬布斯住宅院外的，除鮮花外還有許多蘋果——都被咬了一口。我雖非iPhone的迷戀者，卻有著另類的「蘋果情結」。

　　小時候在台灣，物資匱乏，能衣食溫飽已屬難得，零食與水果如同奢侈品，並非每日能享用。記憶中最常吃的水果是香蕉，其次是鄰居院中的桂圓、芒果、芭樂。每次經過水果店，我總忍不住貪看幾眼放在最高處的大紅蘋果，據說當時的蘋果都是由海外進口，價格自然昂貴。第一次品嚐這種奢侈水果，是分享一位家境優渥同學的餐後水果。數十年後，我早已忘記那一小片蘋果的滋味，但永遠記得同學與人分享後的快樂容顏。

　　愛上蘋果是因一場重病，朋友送的蘋果為蒼白寂寞的病房著上色彩、添加芬芳。虛弱的我雖無力咀嚼既硬且脆的蘋果，卻仍貪婪地巴望著誘人的大紅色彩，飽滿光亮的顆粒散發著陽光般的生機，淡淡的果香為鬱悶的病榻帶來喜悅，使病中的我不再悲觀。

　　就在我步入職場後不久，因關稅稅率的改變與農業技術的改良，進口蘋果價格下降，果農試種的高山蘋果也開始量產，蘋果由高檔水果變為家家都負擔得起的平價水果，甚至有路邊攤販掛起「一百元（新台幣）五粒」的牌子。蘋果成為價廉物美的水果，我更以它為早餐，自幼奢望天天吃蘋果的夢想終於實現，我愛它的香甜美味，更愛回味在我病重時它帶給我的那份希望。

移民來美後，我吃遍各種在台灣難得一嚐的水果，蘋果依然是我的最愛。我愛它的美味、營養，更愛它在超市中永不缺席，此時蘋果在我心中的印象是「簡單又平易近人」，不同於兒時印象中的「高高在上，可望而不可及」。

一口咬下去，可口的汁液勝過玉液瓊漿，那一粒粒吃在口中甜在心裡的蘋果，雖不是改變世界的「蘋果」，卻是使我每日充實快樂的泉源。

◤結實纍纍的蘋果樹

蕭然起敬

　　我每日清晨在住家附近散步，一路上時常關注家家戶戶的庭院設計。四季變化不同，花樹、草坪的景觀也有異，其中有一家甚為特殊，前院草坪上無花也無樹，而是架設了一座「匚」形的鋁質通道。因為住家門前到馬路的水泥走道上有階梯，這座鋁質通道雖有些迂迴也有些人為的傾斜，但沒有階梯，很明顯是為輪椅行走而修建的。

　　我猜想這家有位不良於行的成員，須使用輪椅外出。

　　有一天我經過這家時，只見一位男士已坐在車內的駕駛座上，乘客座的後方擺著一台輪椅，車中沒有其他乘客，顯然這位坐在駕駛座上的男士，正是那位乘坐輪椅者。再仔細看看，這家房門緊閉，無法斷定剛才是否有人推輪椅上車。不過眼前的一幕令我十分好奇，若這位駕駛正是坐輪椅者，那他的獨立精神令我敬佩。

　　又過了一陣子，是一個週日的清晨，我出門散步的時間比平日晚，走到一段有些坡度的路面，只聽到前方傳來陣陣響聲，定神一看，原來是輪椅行走在鋁質通道上發出的聲響。那是一台電動輪椅，操控輪椅者的動作十分熟練。

　　就在他走完鋁質通道進入座車前的水泥走道時，我正好走到他面前，本能地停下腳步讓他先行，我這動作立刻引來他友善的回應，衝著我大聲地說：「Thank you！ Good morning！」就在他向我道早安的同時，我看清楚他是位失去左腿的殘障人士。也

就在此刻，我被他臉上洋溢著的微笑深深感動了，他的笑容充滿著自信、平靜與歡喜，展現他內心的豁達。

我被這份罕見的神情吸引得忘記前行，靜靜注視他進入車內，那是一輛經過特殊處理的房車，乘客座後方的椅子已被除去，留下的位置正好放置輪椅，只見車門被遙控打開後伸出一個承接輪椅的鐵架，他熟練地進入車內後，迅速換坐到駕駛座上，轉身告訴我，他必須確實固定輪椅才可保證行車安全，然後再度微笑著對我說再見，關上車門後離開。

我繼續走在熟悉的道路上，心情卻不再平靜，剛才所經歷的那一幕在我腦海中翻騰，不知他是否還有家人？只見他獨自進出不假他人，言談舉止間透露出自在與愜意，遠遠勝過許多四肢健全者，肅然起敬之情頓時在我心中油然升起。

用愛築屋

　　我們的老鄰居Sandy和David生長於西維吉尼亞（West Virginia）鄉村，兩人婚後不久在俄亥俄州鄉下買了兩間小木屋，往後的幾十年，夫婦倆工作順利，一直在大城市間奔波，但年節假日總不忘返鄉小住。自從認識他們以來，總聽他們描述小木屋所在地的景色與退休計畫。

　　二〇〇五年他們終於退休返鄉，生活仍以小木屋為中心，雖然兩人早已在小木屋附近買了一棟定居的房子與幾塊林地，但小木屋仍是他們所津津樂道的。

　　我對他們的退休生活與小木屋充滿好奇，二〇一一年九月的第一個週末我應邀到鄉間作客，終於看見耳聞已久的小木屋。

▼左：2010年屋主夫婦合影
　右：房頂上的木光柱取材自屋主院中的黑核桃樹

　　鄉間的景色與城市迥異，綿延翠綠的樹林及青草地所散發
出的自然氣味直沁心脾，呼吸間常可嗅到絲絲泥土味。穿過老樹
遮蔭的碎石路，我見到幾間坐落林間的小屋，屋舍依山丘起伏而
築，最低矮的一間只能見著屋頂，窗前與陽台四周茂盛的花果
樹，透露主人勤勞與熱愛花木的訊息。

　　進到屋內，兩位主人熱情地向我介紹每間房屋的修建點滴，
諸如壁磚的圖案構思、牆橡間隱蔽燈光的設計靈感、房樑原木油
漆的甘苦、骨董搖椅與古老木門的家族故事等，都足以顯見他們
對這棟房子的情感。

　　屋裡屋外轉了幾圈後，在一間陳設較古老的門廊間我看到一
幅鉛筆畫，注視良久後我肯定那是主人夫婦年輕時的畫像，畫中
背景的小儲藏室與稀疏林木，與我剛才在屋外所見相仿，只是如
今這片林地已更茂盛。

　　主人說當初他們買下此地，只有一居室，是名副其實的

▶左：愛之屋外貌
　右：壁上掛著屋主夫婦年輕時的簽筆畫像

「小」木屋，這些年他們陸續加蓋，如今已成帶有地下室的六居室大房子，只是後來的建材較多元，原始的兩間小木屋就更顯得古典雅致。將二人年輕時的畫像掛在原始小木屋前，正是見證彌堅的情愛吧。至此，我逐漸意識到，這棟木屋除單純的居住目的外，更是這對夫婦構築及展現共同愛好的處所。

Sandy和David這對神仙眷侶結縭將近半世紀，雖膝下虛空卻恩愛如昔。在他們最愛的小木屋中，我見到二人共同的設計與成果：男主人熱愛工藝，熟悉各種工具的使用，親手為兩人共同設計的每間屋子選材、構築，除粗重工程請人協助外，其餘均獨立完成。女主人精於室內設計，更喜愛自己動手打點一切，不同房屋中的多重風貌，都顯現她熱愛自然的爽朗性格。

退休前他們加蓋房子的速度較慢，五、六年才能完成一小部分。退休後他們全心投入、重新規劃，在這塊與他們相處已將近四十年的土地上，完成兩人恩愛的結晶——一棟愛的小屋。

在此我不但見到他們充實的退休生活，更見到二人同心合力營造的婚姻生活。

逝後的魅力

　　外子經營的禮品店，出售著各色禮品，美國人所愛的禮品包羅萬象，除年節餽贈親友的禮品外，還有個人愛好的收藏品，種類之多、花樣之繁，若非親自打理，完全無法得知箇中之複雜性。

　　十多年來，貨架上琳琅滿目的精品，如潮起潮落——流行時，客潮絡繹，奇貨可居；流行退時，平靜無波，乏人問津。記憶中被流行熱潮推上岸邊冷落的貨品，從未有過再受青睞的機會。但唯獨兩類產品，十多年來廠商不斷開發新款式，顧客永遠買不停歇，旺盛的購買力自然成為廠家繼續開發新產品的原動力。

　　這兩種產品是已故搖滾歌手貓王與豔星瑪麗蓮夢露的紀念收藏品，開發商以此二人為主題，彷彿有取之不盡、用之不絕的靈感，除相框，海報，小木偶等擺設外，更有皮包、皮夾、T恤、馬克杯等日用品，樣樣都能成為顧客珍愛的收藏品。記得我第一年經營此店，供不應求的是一種掛鐘，將英俊的貓王形像，製成手抱吉他的掛鐘，隨著秒針擺動的韻律，貓王的雙腿不停搖擺，滴答滴答的鐘聲，將歌迷帶入時光隧道，彷彿聆聽貓王現場演唱般令人陶醉，這份癡迷化成銳不可擋的購買力，那年貓王不僅在歌迷心中復活了，也在禮品市場掀起千層浪，久久不能平復。

　　關於夢露，以她為主題製成的紀念收藏品，也多得不勝枚舉，記憶最深刻的是一個高約六吋的小雕像，熟悉的白色蓬裙內

裹著的不是夢露的性感身軀，卻是一個骷髏架子，有趣的是雙手仍壓在蓬起的白裙上，只是臉部不再是微閉的雙眼與性感紅唇，而是一具冰冷的骷髏架。我很喜歡這份創意，試想，過世數十年的美女，自然已成枯骨，而留在影迷心中的白色蓬裙卻是不朽的，廠商結合這兩種特色，為影迷創造一份現代的思念，難怪在商場上再度掀起追思夢露的熱潮。據說，每到夢露忌日，仍有影迷到她墳前獻花，這份永不停息的思念真令人感動。

至於歌迷對貓王的思念，我曾親眼見過難忘的實景——那年我們去田納西州（Tennessee）訪友，途經貓王家鄉孟斐斯（Memphis），按址找到貓王故居雅園（Graceland）時已是黃昏時分，莊園大門雖已深鎖，但排徊於牆外的歌迷們仍隔著低矮的圍牆向內探望，眼中仍泛著對一代歌王難捨的思念情愫。我隨著人群在牆外觀望，見到一幅難忘景象：莊園長長圍牆與人行道的地磚上，簽滿了影迷的名字——這些都是來自全世界歌迷所留下的懷念紀錄，現場歌迷仍試圖在密密麻麻的簽名陣中簽下自己的名字。我想，貓王若未過世，如今已是年近八十的垂老之人，仍健在的他，能否一直贏得歌迷如此不停歇的鍾愛呢？

古今中外死後仍令人懷念者不在少數，但如貓王與夢露，仍能帶來源源商機魅力的，可能是少之又少了。

曾經的年味

　　曾經的年味可算是我生命中最濃的年味，那應從五十多年前說起。

　　我在台灣南部眷村長大，左鄰右舍皆是來自大江南北的好街坊，平日裡南腔北調地熱情往來，到臘月裡家家戶戶備年菜的準備工作可算是中華飲食文化的展示場——香腸、臘肉最應景，年糕、年粽人人愛，花生、糖果不可少。尤其香腸、臘肉各省做法與口味雖有不同，但無論廣式鮮醇、川味麻辣或湘省的煙燻臘味等都有令人難忘的好滋味。臘月裡掛在自家院中經過南台灣豔陽炙製的臘味，逐漸顯出明亮色澤，肥肉晶瑩，瘦肉紮實，它們都將是除夕晚餐桌上的主菜，口口香醇伴著遠離故鄉的遊子們紓解鄉愁。

　　大年初一，起床梳洗後換上新裝先向家人拜年，拿完紅包開始吃「豆茶」。父親祖籍浙江餘姚，家鄉是以豆茶作為新年早餐，將主要食材紅豆、花生、蓮子等以慢火熬煮，起鍋前再加入乾桂圓熬煮，最後加上水磨年糕。我最愛吃其中的年糕，嚼著嚼著就嚼出了年味。我們也會請來家中拜年的鄰居吃上一碗「豆茶」。我雖愛吃這豆茶，但總會應景地吃上兩口就出門，為的是趕緊到鄰居家拜年好吃別家的點心。

　　挨家挨戶拜年是我童年的最愛，不僅為糖果，更為品嚐每家的特製甜食。隔壁王媽媽來自熱河，她家的煎年糕是我首先要嚐的，那是我們這群小跟班陪她用石磨磨出糯米粉蒸出的年糕，用

油煎過後吃起來甜糯可口，滋味實在難忘。臨走時王媽媽還會塞
二粒「開口笑」在我手中，那是我與此種甜食最初的相遇，它很
快成為我每年的盼望。

　　王媽媽家隔壁是來自廣州的錢婆婆，她家甜食最精貴，花生
油角是我的最愛。這種甜食是錢婆婆的拿手美食，由裡到外都是
自製。年前我就看著錢婆婆碾碎炒好的花生，再攪些砂糖後慢慢
包入酥油皮中，最後在餃子邊上捏一圈花邊，如此色香味俱全的
甜食，值得一年的等待。

　　西邊隔壁劉媽媽家的糖果花樣最多，她總任我挑選，並說過
年就是要多吃糖。離開劉媽媽家拐個彎就到常婆婆家，她新進的
客家媳婦會做「花生糍粑」，那可是難得的新鮮美食，從看著她
捶打熟糯米開始我就滿心盼望，看她準備糍粑材料的辛苦景象，
我暗自決定要細嚼慢嚥，用心咀嚼好滋味。

　　走再遠點就到村尾的沈媽媽家，沈家與我們同是江南人，她
家每年會準備年粽子招待客人。甜粽子我最愛豆沙餡，個頭不大
卻香糯甜軟。沈媽媽很體貼，讓我帶回家慢慢吃，說省下肚子多
吃點別家的東西。

　　再走下去就接近吃午餐時間，無論到誰家，除糖果、花生外
總還能嚐些不同口味的年菜，張家的「長年菜」、李家的「什錦
菜」各有不同風味，但婆婆媽媽們邊請我嚐鮮，嘴裡還唸叨著吉
祥話「幸福長久」、「十全十美」，那份富足與熱鬧，正是我記
憶中難忘的年味。

　　沒過幾年鄰居漸漸搬走了，玩伴也愈來愈少了，年味淡了，
徒增我懷舊情緒。日後，結婚生子為孩子們準備年節食品，不免
總是想起兒時過年的歡樂情景。

　　有趣的是，移民來美後離鄉背景之人竟格外重視過農曆新年，中國超市早早陳列出年節食品與新年掛飾，華人社團與僑界更安排舞獅表演，甚至在慶祝會場擺出寫春聯的攤位，為海外出生的孩子上文化課。看著穿上唐裝的孩子們在歡慶會場搶著吃年糕與春捲，再用小手抓糖果的開心模樣，我的心也活了，這才像過年！原來兒時過年的記憶從未消失，曾經的年味又回來了，這感覺真是美好！

悲傷與堅強

　　二〇〇八年五月十二日北川大地震後，透過電視新聞報導，我數次落淚，為我不認識的同胞所受的苦難落淚。

　　兩年多後我來到北川與綿陽，親眼見到地震遺址的那一刻我再度落淚，但當我見到坐落在安昌江旁的的新城後，我為這個重新站起的城市感到無比驕傲。

　　二〇一〇年九月十八日上午九點鐘，我們在前導車的陪同下前往北川舊城，一路上聆聽綿陽作協雨田先生詳細地說明，我們彷彿回到地震發生的那段日子。

　　當我們進入山區後我有些迷惘，若非親眼所見，我真不會相信這場驚天動地的災難，竟發生在如此美麗的山中。重重疊疊的

▶作者與楊昌平先生合影於望鄉台

山巒被雲霧繚繞，綠樹與良田都散發出寧靜與安詳。

　　事故雖已發生兩年多，但道路兩旁仍可見到巨大落石，遠處山坡也可見到多處山體滑落的痕跡，地震與大雨令這片美麗的土地充滿傷痕。雨田先生說，他在二○○八年五月十五日前往災區參加救援，那時路上盡是比車體還龐大的巨石，救災物資與人員的運送相當困難。

　　望鄉台到了，這時陰霾已久的天空開始落雨，彷彿為這場災難再度落淚。正當我躊躇是否該撐傘時，一把黑傘已送到我面前。我向這位遞傘的朋友（事後知道他是北川縣政府辦副主任楊昌平先生）道謝後，見到另一位年輕人正從前導車中捧下一盆白菊花。這兩件事在我心中湧起感動——為我們的到訪，他們做了周全的準備，為已故的受難者，他們獻上誠摯的哀思。我敢肯定，當災難發生的那段日子，他們都是英勇的救難者。

　　簡單的追悼儀式隨即展開，領隊劉俊民大姐語帶悲傷地代表我們向亡靈致哀，同伴們的眼眶中也都含著淚。望鄉台下的斷垣殘壁，讓大家親眼見到這場震驚世界災難的慘痛，想到瞬間失去寶貴生命的萬千同胞，任誰都會一掬傷心淚。

　　站在望鄉台上遙望震後的北川，分割新舊城的河水依舊靜靜流著，但城中景象已是滿目淒涼。昔日的青山綠水、紅牆綠瓦已不復見，取而代之的是扭曲的建築、塌陷的屋脊、破碎的門窗，以及深埋地下的無數生命。此情此景對我除震撼外還有莫大的啟示：生命的殞滅，得失的依存，常在瞬息萬變間，今後我會更懂得惜福與感恩。

　　告別舊城，我們在午餐後前往新城。新城與舊城相距約一小時的路程，在途中我腦海中不斷浮現一個畫面，那是楊昌平先生

在午餐前的一席談話。這位身材瘦高、目光炯炯有神的姜族青年告訴我們，北川大地震時，他任職於統計局，地震發生後他接獲命令要趕快出城報告災情並請求援助。接到命令後，他毅然放下返家尋救母親的私念，面向舊城方向行跪拜禮，對母親說聲抱歉後即刻開始求救行動。

我聽到這段敘述不由得落下眼淚，楊先生因公忘私的行為令我十分欽佩。我想地震後的北川，最令外人敬佩的就是這種奮勇救災的精神，許多參與救災工作人員的內心都承受著失去多位親人的悲傷，但他們都知道，在那短時間的天搖地動後，對老北川的居民而言，「死亡是必然，活下來是偶然」，他們都珍惜這份偶然的幸運，沒有時間悲傷，只知全力救災。

想到這兒，另一位儒雅的面容也映入我腦海，他是綿陽市府祕書長宋明先生——這位出身學者家庭的公務員，也是前中國作協副主席沙汀的外孫，言談舉止間總透著一份令人信賴的親和力。

昨晚與我們的座談會中，他感性地敘述，地震當時擔任北川縣委書記的他是如何身處險境，言談中卻不矜誇自己災後辛勤救災的功勞。與他簡短的談話中，我感受到他對災後重建工作的責任心與使命感，對新北川縣城興建的藍圖，他告訴我四句話：「最堅固的是學校，最寬廣的是馬路，最現代的是醫院，最漂亮的是民居。」如此的描述使我見到新北川美麗的未來。

到達新北川縣城以前，我們在農業科技示範園區稍做停留。本地的援建由山東省負責，所以這個產業園區的規劃，主要借重山東省的農業成就。

當天室外溫度高達攝氏三十五度以上，但智能溫室設計，

適當地控制濕度、溫度與光照，我們進入室內後立即感覺涼爽舒適，如此環境自然生長出健康又可口的蔬果，在此我見到新北川農民美好的明天。

自午餐開始，我們的參訪活動都是由宣傳部長韓貴鈞先生親自陪同，他也是新縣城指揮部負責人。這位充滿活力熱情又誠懇的主人，先帶我們參觀指揮部的工作場所——整齊的房舍，儉樸的設備，居住著為重建工作竭盡心力的員工們。我們到訪時，部分員工正在排練歡送援建者的節目，藉著歌聲他們唱出對援建者的感謝，在他們的臉上我也見到一種走出災難重建家園的自信與堅強。

乘車參觀縣城時，韓部長詳細為我們介紹新縣城的種種，他說這座新城擁有最適合居住的環境，建材使用依據低碳節能又環保的原則。體育館、醫院、學校的建築也都以大容量為依歸，特別設計的抗震紀念園，包含靜思、英雄、幸福園三大主題區。在在顯示新縣城的建立，包含著文化、思想與智慧的宗旨。眼見災區民眾將在這個安全又先進的社區中開始新生活，真為他們高興。

充實又難得的參訪活動結束了，我們離開北川回到綿陽，在綿陽體育館前，我們與陪伴大家兩天的雨田先生道別。見到雨田瀟灑離去的背影，我向他行禮致敬，這位留著飄逸鬍鬚的文友，在參與救災期間，不但有傑出表現，更有不畏艱難達成任務的精神，令我十分感佩。

在此我見到遭遇大災難的悲傷，更見到化悲傷為力量的堅強，這一切對我而言都是難忘的體驗與啟示。

悚慄三十分鐘

　　一張斷層掃描檢查報告，發現我肝臟有小黑點，令我的腸胃科醫生甚為不安，為確診肝臟是否有病變，醫生決定安排我再做核磁共振。

　　如約到達檢查室，驗明正身後我被五花大綁地推進圓筒中，自幼就有「幽閉恐懼症」的我，立刻感到呼吸受阻、血壓升高。原以為身上的測量儀器向外傳達異常指標，檢查會被迫停止，但事與願違，看來心理因素尚未殃及生理現象，我只得努力讓自己鎮靜，接受要躺在這空間有限的圓筒中做檢查的事實。

　　定下神來，想到我被推進圓筒前，護士曾遞一按紐給我，並交代攝取二百五十張影片需時約三十分鐘，期間如有特殊需要就按紐求援，這令我的無助感略減。隨著湧上心頭的卻是極端的不耐煩，希望時間飛逝，檢查盡快結束，但清醒的我知道自己將會面對至少三十分鐘的極端無聊。幾分鐘後我發覺忙慣了的我，在眼無所視、手無工作時，腦子卻不能停止思考。我努力想讓自己完全靜止，試著與自己的身體對話。

　　首先我問自己：這二、三年為何身體頻出狀況？青光眼、甲狀腺腫塊外，如今肝臟也有警訊，令我對自己的身體失去信心，反省日常生活中的缺失，經常熬夜是致命傷。二〇一五年得知患青光眼時，就提醒自己要早睡早起，如今可確定前些年的不良睡眠習慣，已全面影響到我的身體。想到這兒，我逐漸心平氣和地接受今日的檢查，並告訴自己，這次檢查若發現問題可及早治

療。

　　這時我發覺，這圓筒躺得真不舒服，全身筋骨與硬梆梆的塑膠板格格不入，尤其是左側骨盆突出的病變部位已開始疼痛，需要移動身體緩減受傷部位之壓力。熟料我微微移動身軀卻換來護士的喝止，警告我若造成模糊影片，一切都要重來。此刻我強烈感到身軀能自由移動的可貴，被綁在圓筒中的我僅能以意志力壓制痛感。

　　沒多久我又面臨另一種無奈，我想咳嗽，但護士又制止我。我不由得想起前些年動青光眼手術的情景，那是場只花費二十多分鐘的手術，卻有一位麻醉師守在我身旁，見我要咳嗽，立刻加重鎮定劑藥量，使我立刻止咳。如今我則要靠強烈意志力來壓抑咳嗽，真的不容易啊！我試著以深呼吸來緩解喉頭的酥癢感覺，竟然做到了，可見人的意志力是能夠被控制的。

　　這要命的拍攝還在進行，漫長的檢查時間在醫生不斷的安慰聲中悄然逝去，我終於向自己的煩躁妥協，也克制住未曾想過能克制的痛感，以及不適的檢查。

　　檢查結束前，我的心情充滿感謝，感謝這次的警訊提醒自己要改變不良生活習慣。

　　在這悚慄的三十分鐘裡，我思前想後這大半生，還真想通了不少事情。

難捨「傻笨笨」

從車行開著新車回家的經驗已非首次，但凌晨時分才辦妥買車手續可算是新鮮的。

決定賣掉耗油的Suburban，買部省油車的念頭由來已久，前幾年油價節節高漲，我心中早已興起「換之而後快」的急迫感，只是外子仍然猶豫，捨不得拋棄陪他征戰商場，四處奔波尋找商機的老戰友「傻笨笨」。

本世紀初期，我居住城市的油價尚低，為了載貨及時常行走高速公路的安全性，更為了外子的高大身軀，Suburban的確帶給我們無限便捷。

只是當油價開始飛漲後，我們逐漸意識到開大車的負擔，再加上接近退休年齡，準備結束生意，不再四處奔波找商機，換車的念頭與日俱增。

尤其當我開著大車在充滿紅綠燈的鬧市走走停停，在狹窄的巷子裡急轉彎，不免想起老朋友的玩笑話：「Suburban真是名副其實的傻笨笨。」

二〇一二年底女兒換了油電混合車後，更積極推薦我們也換開節能車，我雖然心動又想行動，但總拗不過外子的猶豫不決，直到三月底，他終於同意賣舊車換新車。

那晚，辦妥手續到車行停車場取車時，正見到我們的「傻笨笨」被緩緩移走，在清冷的夜空裡，陣陣難捨的情緒突然湧上心頭，翻騰於胸中的歉意與不安竟完全淹沒購買新車的喜悅，這真

是始料未及之事。

　　不知為何，當我見到月光灑在「傻笨笨」龐大身軀上的景象，竟想起壯年時的它，常帶著滿車的貨為我們披星戴月地趕路。有幾次還冒著風雪在山路上奔馳，我坐在車內，從後視鏡中看到車身頂著極速飛躍的雪花逆行，那串串捲起的雪花，飛濺在「傻笨笨」的身上，猶如神駒背上在狂風中飛揚的鬃毛，那情境，彷彿在欣賞自己最鍾愛的良駒，飛奔於雪中之煥發英姿。

　　記得女兒剛考上駕照後不久，我們全家曾開著當時才兩歲的「傻笨笨」去旅遊，全家人輪流開車。經過一處車少人稀的鄉村路段，我們放心由女兒駕駛，突然一輛十八輪大貨車迎面而來——這輛霸道的大貨車，顯然是想要在雙向道上超越前車而不惜違規逆行，女兒在情急之下，只能將「傻笨笨」開向路肩，雖及時避開一場可怕車禍，但緊急剎車時路面飛起的碎石，及路肩長滿的野草與荊棘，在「傻笨笨」身上留下不少傷痕。我們在車停穩後下車觀察，一面安慰驚魂甫定的女兒，一面拍拍「傻笨笨」，彷彿是在安慰一隻因護主而受傷的忠犬。

　　逐漸衰老的「傻笨笨」，身上總帶著些傷痕，只因停在它龐大身軀左右的車主們，常在打開車門時不經意地在它身上留下刻痕。儘管我們總將它小心地停在線內，給左鄰右舍留下足夠的空間，但仍擋不住這些傷痕，每當我見到它身上的新傷痕時，總想起它所受過的一次嚴重創傷。

　　那是一個週末的黃昏，外子在開車途中接聽手機，不慎撞上路邊水泥燈柱，傾倒的燈柱壓在前車身上，幸虧車身堅固，外子毫髮無傷。當他看到身受重傷的「傻笨笨」被拖到修車廠時，決定從此開車絕不接聽手機。

想到這兒，我終於明白外子遲遲不願換車的原因，他實在很難割捨與「傻笨笨」相處十多年的這段情份啊！

◤2008年「傻笨笨」最後一次伴我們旅遊

春日裡的群花

去年德州的暖冬現象，使人幾乎覺察不出冬季曾降臨。在不知不覺中季節又變化了，春天的腳步悄然而至，我卻茫然無知，直到鄰居院中的花木著新裝，我才嗅到春的氣味。

每日在社區內散步，鄰家庭園中的群花競相綻放，看得我不亦樂乎。日前朋友相約去植物園賞花，更見到群花爭豔，是二〇一二年入春以來最賞心悅目之事。

當朋友告訴我在溫暖的達拉斯也可欣賞到櫻花，我有些半信半疑，直到親眼見到才相信。有人說櫻花是春天的象徵，看到了櫻花就見著了春天，如此說來今年春天我的感受最為真切。在植物園中我們所見到的是白色櫻花，潔白如雪的花兒，將天色襯得

◤左：少見的淑女杜鵑花
右：春季盛開的杜鵑花

更藍，綠草坪的色澤更鮮活，四周各種花朵的色彩也更豔麗。

　　一朵小小的櫻花並不起眼，但滿樹櫻花，整片櫻花林，那景色真是迷人極了。那天我初見櫻花樹後，就情不自禁地走向它，直至走到櫻花樹下，感受數大之美時，才真正看懂了它。它沒有醉人的香味，花形也很普通，但從遠處看整片櫻花林，那份鋪天蓋地的浩瀚豪氣令我激動萬分。近觀滿樹櫻花時，朵朵小白花堅守崗位努力綻放著，這份堅持，創造出春季裡令人刮目相看的集合之美，更令我難忘。朋友對我說，櫻花的開放，既打破寒冬又洋溢無限生機，真令人喜悅。

　　記得第一次到植物園，是與兒女們一同去賞花，原以為只能看到鬱金香，結果還見到各色各樣的杜鵑。本來很懊惱達拉斯氣候燠熱，缺少賞花處，如今得償賞花心願，真是十分歡喜！今年又有櫻花可賞，更是滿心喜悅。那日園中鬱金香與杜鵑也已綻放，樹上的白櫻花與草地的各色花朵，將整座園子妝點得色彩繽紛。

　　櫻花林附近夾雜數棵日本紅楓，轉角處還有幾棵特殊造型的榕樹，濃厚的日本風味令我有些恍惚，還以為自己身在東瀛。鬱金香園區中的似錦繁花更使我目不暇給，單色花朵美如清純少女，多色花朵豔若高貴婦人。我的最愛是牡丹花形複瓣鬱金香，既有牡丹的富貴之氣又有鬱金香的迷人風采，令我百看不厭。

　　至於杜鵑更是色彩齊全，紅豔者迷人，清亮的黃色與嬌嫩粉紅更惹人憐愛。還有那最新品種淑女杜鵑（Lady Azalea），無論粉紅或淡黃色，都美得含蓄。自離開台灣後，難得如此欣賞杜鵑，的確撫平幾許思鄉情。

　　園中還有色澤豔麗競相怒放的桃花，與栽種於大陶盆中的紅

上：達拉斯春日裡的群花
中：達拉斯植物園中的複
　　瓣鬱金香
下：德州州花

色茶花，更有那垂掛於花架上的白色紫藤花，彷彿高掛天邊的一抹白雲。還有色彩繽紛的三色菫與模樣俏麗的迎春花，自然之美令人陶醉不已。

　　直到接近關園時分，我漫步出園，再經櫻花區，微風拂面的同時我見到片片櫻花墜落，落英繽紛的景象令人感傷。雖說花無百日紅，但我仍會將春日群花的美景深印腦海，留待來年再見。

▶左：毛地黃
　右：粉紅色狗木花

女兒的英語老師

又是長週末，女兒得空返家探望我，雖來去匆匆，仍聊慰我日日思念。

女兒自幼乖巧，學習認真，從未令我操心。唯一使我犯愁之事，發生在我們移民來美的第一年。因為老公的工作，我們最初到美國時，住在俄亥俄州鄉下一個叫伊南（Enon）的小鎮。這個連地圖上都找不到的小鎮，雖十分美麗，對我這初到美國之人卻極為不適應，沒有東方超市是飲食上的不便，多費點心思還可彌補，但對女兒的學習而言，沒有「英文非母語」（ESL）課程實在是一種「不幸」。

我們移民來美那年，女兒國中剛畢業，我將她所有的學歷證明與獎狀都翻譯妥當帶到美國，順利進入小鎮最大的一所高中，但卻沒想到這所學校沒有ESL課程。以當時女兒在台灣學完國中三年的英語程度，直接進入美國的高一正常班上課，實在萬分辛苦，無論女兒多努力，還是差一大截，我當時的憂愁可真是今生難忘。好在我們幸運，女兒的歷史老師為她尋到解決難題的途徑。

離我家車程不到一刻鐘，有個著名城市Yellow Spring，這個地名若直譯為中文「黃泉」真會嚇壞許多中國人，但它卻是許多崇尚自由人士趨之若鶩的居住地，除景色優美外，更有難得的自由風氣，在街上隨處可見滿身刺青、穿著怪異之人。當地有所安提阿大學（Antioch College），附設一個國際語言中心

（International Language Center），由一位教授帶領七、八位日後有志為人師表的學生，他們願意幫助初到美國有學習障礙的學生，我女兒就成為他們的實習對象。

每天下午女兒放學回家後，我立即開車送她去上課，教授每天安排一位學生輔導女兒的課業，詢問她當天的學習狀況，並輔導她做當天作業，我則在休息室看書。女兒本就用功，有此難得加強學習的機會，更是萬分珍惜。

值得一提的是，這些為女兒輔導的學生，竟是身上有刺青、臉上掛滿各式銅環的前衛青年。在台灣擔任教職的我，對這現象有些擔心。後來發現，這些學生裝扮雖前衛，但心地善良，對女兒的教導更是十分盡心。有天女兒對我說，一位輔導她的大姐姐說，她很後悔刺青與帶鼻環，怕影響日後在學生心中印象，準備除去這些年輕時的荒唐標記。我聽後十分欣慰，認為這是對女兒最難得的教育。

在幾位大哥哥姐姐認真輔導下，女兒的學習明顯進步，一學期後已完全跟得上正常課堂進度。結束這段特殊輔導時，我請所有學生與教授到我家吃中國菜，可惜我當時的英語能力，尚不足以充分表達我心中的謝意，至今仍覺遺憾。女兒經輔導後，最大改變是英語發音十分標準，記得當時最先發現這現象的是牙醫，女兒半年前初到美國去洗牙時，還無法用英語暢談，半年後已字正腔圓。

如今女兒早已大學畢業，並謀得理想工作，也已經適應美國的生活，但每當我想起那些曾幫助過她的老師與學生們，心中仍充滿無限的感激。

中文用語惹人詢

　　二〇一一年十一月中旬，趁著赴廣州參加世界華文文學研討會的機會，我提前一週啟程，先回台灣處理一些私事，在台北待了兩天。短時間內要在市內各處奔波，我又不熟悉搭乘捷運的訣竅，計程車就成為我的最佳選擇。

　　那天我急匆匆地趕去看妹妹，在到達她家前對計程車司機說道：「師傅！麻煩你過前面這紅綠燈後就靠邊停。」司機笑著問我：「妳是大陸人吧？因為妳叫我『師傅』。」我尚未想好該如何回答這問題就下車了。當晚，我搭計程車返回住處，行到一處路口前，我對司機說道：「請在前面地鐵站右轉。」司機笑著問我：「妳是香港人吧？他們都稱捷運為『地鐵』。」一天之內，我被不同的計程車司機認作是來自兩個地區的人，只因我使用了有地域色彩的專有名詞，真是有趣又意外。

　　我在台灣生長、受教育、工作，直到退休後移居美國。將近二十年過去，最近幾乎年年返台或去大陸旅遊，又是天天上網閱讀的電腦族，也許因此而吸收了各地華人的不同生活用語，使用起來不免有些混淆，好在都是些不至於招來誤會的詞語。

　　到廣州參加完研討會後，我們有一整天的活動是參觀廣州辛亥革命史蹟。在黃花崗七十二烈士墓園，憑弔烈士壯偉事蹟的同時，我也想在辛亥百年這個特殊的年代，將墓園中所見的景象攝影留念。可惜遊客絡繹不絕，我不願遮擋他人攝影的雅興，又想盡量為自己找尋最佳的攝影角度，因此口中常唸道：「對不

起，借過一下。」幾句「對不起」後，耳邊響起一位年輕男子的聲音，他說：「阿姨，妳是從台灣來的吧？我家在天津，去年到台灣旅遊，發現當地的人都很有禮貌，他們常說『對不起』。」我抬頭看著眼前這位青年，他面露微笑，誠懇地望著我，等待答案，我急忙點頭說道：「是的。」

離開烈士墓園後，我將台北兩位計程車司機與這位天津青年對我的問話，反覆地放在心中思索，我最在意這位天津青年的提問，他的提問正代表著對台灣人文素養的肯定，真沒想到，我時時掛在嘴邊的「對不起」三個字，竟有如此深重的涵義。

舉頭望著車窗外的藍天，我深深感謝教育我成長的那片土地。

看多了家庭主夫

Lily是我店裡的老客人，我們初識那年她有位一歲多的女兒，非常好動，每次進我店裡，他們夫婦總特別留意女兒的舉止，深怕她碰壞東西。

他們常來走動，逐漸與我成為無話不談的朋友。原來這個小家庭是「女主外，男主內」，Lily在一家全美連鎖餐廳當經理，以一己收入養家並供老公念大學，她說老公畢業前他們不能再生孩子。過了幾年，Lily挺著大肚子來看我，說道：「我老公畢業了，我也懷了雙胞胎，老公決定繼續留在家中照顧孩子。」她說話時臉上泛著滿足的笑容，我想她是滿意這種生活的。

許久沒Lily的消息，那天見到她走進店中，我又驚又喜，她蒼老許多，但臉上依舊泛著我熟悉的微笑。原來她又添了一個孩子，三胎生了四個孩子，她必須打兩份工才夠家用。沒等我問起，她主動說道：「我老公在家照顧孩子，我們省了保姆費用，他比我對孩子有耐心。加上我們的大女兒是過動兒，學業與生活都須特別關心，我老公做得太完美了。」Lily以樂觀的心境面對她的婚姻與家庭生活，因家中有丈夫打點一切，她可專心工作。

二○一一年暑假，在俄亥俄州鄉下我認識一對夫婦，男主人Mike才四十出頭就提前退休。原來他繼承父親的生意後，順利轉售，足夠的養老金使他無須再為生活奔波，生性恬淡的他決定搬到鄉下，買一塊土地，過著安逸的田園生活。每天除了忙著照顧寵物兩隻狗、一對驢子、三隻貓和幾隻雞，就是整理家園，生

▶上：男主人照顧下的一對
　　驢子
　中：男主人照顧下的白貓
　下：男主人照顧下的灰狗

活充實又愉快。他的妻子喜愛工作，依舊是早九晚五的上班族，這對夫婦沒孩子也不想要孩子，「女主外，男主內」地享受著甜蜜的二人生活。

那天在一位台灣朋友家聚會，見到一對年輕夫婦帶著一雙小兒女，耐心照顧孩子的年輕父親引起我的好奇。朋友告訴我，這位剛失業的丈夫，決定暫時不找工作，在家中照顧年幼子女。看他們一家四口和樂融融，我打心底佩服這位年輕父親的決定，他雖暫時失去工作，卻使孩子得到更妥善的照顧。

婚姻本就是夫婦兩人之事，二人商議妥當，誰內誰外都無妨，家庭和美幸福最重要。

自深秋開始的盼望

二〇〇五年，我與文友們從達拉斯趕赴休士頓聽余秋雨演講，行前與在休城工作的女兒聯絡，她說將到會後我們聚餐的場所看我，並為我帶來好吃的枇杷。

接著她興奮地敘述發現枇杷的經過：原來在她公寓牆外的馬路邊，有數株高大枇杷樹，結實纍纍卻無人問津。女兒與室友在採枇杷時，偶遇當地人經過，滿臉狐疑地問這兩位東方女孩：「妳們為何喜歡吃既酸又澀的Kumquat？」女兒和室友這才明白，當地人將好吃的枇杷（Loquat）當作是金橘（Kumquat），所以不屑一顧。

二位女孩開心極了，她們發現此種枇杷味甜如蜜，決定買個帶網的長臂剪刀，輕鬆剪下的高枝果實，得到充分日照更是味美。在數度採食後，女兒發現枇杷嬌貴須即採即食，否則果肉會變黑，因此決定在與我見面前採下樹頭鮮立刻送給我們。那日與余秋雨聚餐後，兩位女孩帶著連枝葉的新鮮枇杷，在我們離開休城前趕到，送枇杷給我與文友們分享。這應是我首次在美國吃枇杷，與台灣枇杷相比，美國枇杷外形較圓，果肉呈橘黃色，味道非常甜，記憶中的台灣枇杷外形較長，果肉呈淡金黃色，甜中略帶酸味。我的童年家境清寒，三餐溫飽外的水果是奢侈品，更何況嬌貴的枇杷。父親偶爾購買，我與妹妹也只能各得寥寥數粒。自品嚐女兒送來的枇杷後，令我難忘的好滋味沁入心底，和女兒數度聊起，也順便懷鄉憶舊。

　　女兒見我對休城枇杷喜愛有加，決定為我培育枇杷幼苗。我將幼苗種在後院，果樹成長順利，當樹與房頂齊高時，枝端就露出串串黃褐色毛絨球體。我家的枇杷樹開始結果，欣喜後院將長出解我鄉愁的果子，但此時女兒傳來訊息：枇杷怕霜害，經霜必亡。

　　達拉斯與休斯頓相隔二百八十餘英里，以時速七十英里行車只須四個半小時就可到達，但兩地氣候卻相差甚多──位於德州北邊的達城冬季下雪機率很高：居於德州南邊濱臨墨西哥灣的休士頓，冬季鮮少下雪，較利於枇杷生長。

　　我家後院的枇杷樹，每年秋風起後串串花苞等待吐蕊，我對它們圓滿生長的盼望也始於此。這幾日我圍著樹枝端詳，發現今年花朵明顯不如去年繁多，可惜去年初冬的第一場冰雨，凍死了樹頭綻放的枇杷花，這種花的逝去令人神傷，它們被冰雪摧殘的軀體從不墜落，依然牢固地長在枝頭直至全身枯黑，似乎在抗議

▶路邊結實纍纍的枇杷

不利於它們生長的天候，也似乎在埋怨多事的人們，為何將它們種植於不合適的地方！

說起天候，達拉斯並非完全不適宜枇杷生長，只要不降大雪，枇杷樹是能耐低溫的。前幾年我家枇杷樹就曾挺過一冬的低溫，在春末夏初為我們結出些許果實，雖然大多數鮮果落入松鼠之口，但剩餘果實仍慰藉了我們整年的盼望。最精彩的是前年，溫暖的冬季讓枇杷盡情生長，春末夏初還報我們滿樹的金黃，串串金黃壓枝待採的景象令眾人甚喜，尤其是培育幼苗的女兒。但大豐收後上天不再眷顧，去年十二月初的第一場薄雪，摧毀了枇杷孕育整年的芳華，今日我仍能在含苞待放的新蕊旁見到去年寒害後的枯黑花苞，彷彿在用它們死而不僵的身軀，保佑新果順利生長。

轉眼一年夏去秋又來，枇杷開花季節已至，氣象預報今年是暖冬，令我十分開心，今秋枇杷有望安全成長。但想到今年乃農曆閏六月，天冷得晚，初秋的暖意能否延續整個冬季？我對枇杷樹仍有牽掛，從十一月底到來年二月都可能降霜下雪，我站在枇杷樹下賞花的同時也默默祈禱，盼望今年溫潤秋陽與和暖日照，能使枇杷樹花開圓滿結實纍纍。

當記憶的匣子被開啟

　　從未想過，這趟英倫之旅會開啟我塵封已久的記憶匣子。

　　村上春樹在《如果我們的語言是威士忌》一書中說道：「『啊！愛爾蘭真是個美麗的國度！』當然實際在那裡的時候，頭腦也能理解『真是美麗的地方』，不過那美真正一點一點滲入體內深深感到，反而是在離開那裡之後。」

　　儘管在從倫敦到巨石陣（Stonehenge）的路上，我已被車窗外鋪天蓋地的綠草與黃花所吸引，但真正令我感動的美是在愛爾蘭。車窗外不斷飄過深淺不一直達天際的綠，在如波浪般起伏的綠色山巒間偶爾飛來大片油菜花田，黃綠相間，將自然色彩之美詮釋得淋漓盡致。久居城市的我，近乎貪婪地欣賞著公路兩旁的

▍左：作者在Robert Burns故居前留影
　右：勾起作者回憶之甜點旁的果子

綠，終於看懂了村上春樹書中的另一句話：「『啊！愛爾蘭的綠色真是多麼新鮮，多麼遼闊，多麼深濃啊！』」其實愛爾蘭除了綠得讓人陶醉外更靜得出奇，不是讓人感到冷漠的平靜，而是一份透著端莊的寧靜。

接連數日行走在新鮮、遼闊又深濃的綠意間，不僅沒有審美疲勞，反而對這份綠意產生「似曾相識」的親切感，只是一時間說不清這種親切感源自何處。直到在細雨涼風中抵達都柏林一家著名餐廳進餐，一頓豐富晚餐後的甜點，勾起我許多塵封已久的記憶。

從抵達倫敦的第一頓晚餐起，我就感到各種肉製品都比美國肉類鮮嫩，肉汁中似乎還保留著牧草的芬芳。在都柏林，大夥都忙著品嚐當地著名的健力士啤酒（Gunness），我卻在回味鮮嫩肉味時被服務生的介紹聲驚醒：「這是甜點！」我望著盤中蛋糕旁鮮奶球旁的飾物發愣，服務生稱這顆藏在半開半合淺褐色紗罩內的黃果子為中國燈籠（Chinese Lantern），頓時我對這果子的興趣大過這塊蛋糕，想立刻問明這果子的來歷。只見餐廳中有位來自中國福建省的服務生正端著餐盤走來，可惜她無法解答我的提問。

兒時生長在南台灣岡山空軍眷村，住家附近是大片青草地。在那個沒有電視、電玩的時代，放學後的孩童也沒有趕著上才藝班的壓力，課後可盡情玩耍。同在草地裡嬉耍的玩伴發現一種青果果，它長在淺綠色紗罩內，同伴教我輕輕打開紗罩，將青果果的身體慢慢揉軟，再將這紗罩與青果連接的頭部用力扯開，這需要一股巧勁兒，既不能扯破這果口又要連帶扯出果內的大部分囊子，再慢慢擠乾淨青果果腹內的剩餘囊子。如此，一個來自青草

地上的玩具就誕生了。同伴教我放在口中，利用舌尖和兩唇間的擠壓，可使這粒去掉囊子的青果皮囊發出聲響，玩伴們稱它為「燈籠果果」。我為這果子著迷了半世紀，卻至今仍弄不清它的身世，因此目睹相似的果子與名稱時，實在難掩心中的激動，多麼希望就此能找出「燈籠果果」的真實身分。

伴隨著濃濃的懷舊情緒，慢慢吃完那塊蛋糕，卻不願驚動旁邊的這粒果子——其實它與我記憶中的「燈籠果果」有所不同，但卻開啟了我的懷舊門扉。穿過時光隧道，童年熟悉的大榕樹、青草地、防空洞、甘蔗園及清澈小溪，這些古早的景象變得愈來愈清晰，彷彿見到膽小的我仰望著大榕樹，以羨慕的眼神望著同伴爬樹，我靜靜等著玩伴爬完樹後和我一起玩「衝關」、「跳繩」。又彷彿看到我家西側那一大片青草地，鄰居的哥哥姐姐們教我，青草地有蝴蝶和蜻蜓，想要捉住牠們動作一定要輕，要保持安靜。也許那時我身材矮小，瘦弱的身軀不致使草叢發出聲響，捕捉蝴蝶和蜻蜓總是萬無一失。甘蔗園是大膽玩伴們玩捉迷藏的寶地，我膽小不敢深入園中，卻特別喜歡成熟的甘蔗，青皮的綠甘蔗或紫紅皮的粗枝甘蔗，成熟時的姿態都非常美妙，隨風擺動的長枝葉從不因即將被砍伐而沮喪，它們是天生的奉獻者，在奉獻甜滋味前還讓人類欣賞它們修長身軀的曼妙舞姿。

那條清澈小溪離我家最遠，也是與鄰村的界線，過界之外就是非眷村地帶，那兒有著我不熟悉的風土人情。溪邊一口小井是當地人的生命之泉，永遠有婦女圍著它洗衣洗菜，與我家門前公用自來水龍頭旁忙碌的婆婆媽媽一樣，是人類依水而居的鐵證。深入村內要經過豬圈與牛舍，常須掩鼻而過，相比之下我較喜歡隔壁王媽媽家的雞棚。至於那條小溪，它是我記憶中最早也是最

清澈的一條溪水。淺淺的溪水讓我認識水性的溫柔，有時還可見到成群的小蝌蚪，人們在水中放了些大石塊，方便河流兩岸村民往來。初次過河我好害怕，尤其走到河中央時的那份無助感最是難忘，但過河後的新奇事物吸引我鼓足勇氣渡過小溪。尤其是每到過年，鄰居媽媽們蒸年糕前要磨糯米，小溪那邊的村子裡有口石磨，我們這群小蘿蔔頭跟著大人們興沖沖地過河，這時我很慶幸自己已克服獨自走過溪水的恐懼。

透過這粒小小的黃果子，我腦中竟閃出這些往事，走進歡樂童年記憶庫的我有些激動，也意識到為何我對這幾日經過的青青草原感到親切，因為它令我想起童年記憶中的那片青草地，以及草地四周的寧靜。

童年的記憶匣一旦開啟，記憶片段就如珠串般被牽引出來。前幾天在都柏林蕭伯納故居門前，遊伴們除拍照外也紛紛述說蕭伯納的其人其事，這些故事我都熟悉，給我講述蕭伯納事蹟的正是我最思念的父親。父親也是我記憶中最清晰的人物，他除指導我在生活中成長外，更教導我閱讀翻譯小說並認識西方作者。數十年後我來到這些作者的家鄉，在緬懷莎士比亞、狄更斯、蕭伯納的成就時，也特別感謝父親的啟蒙教導。

記憶之匣尚未關閉，我們一行人已到達羅伯特‧伯恩斯（Robert Burns）故居。對於這位名人我一無所知，直到同行的施叔青大姐向我哼唱一段樂曲，我的記憶如觸電般回到童年，那是我小學時代最熟悉的歌曲之一——〈驪歌〉。大約是小學三、四年級時，我們的教室靠近音樂教室，每到畢業季節，音樂課中一定要練唱這首〈驪歌〉，老師彈琴，學生歌唱，悠揚又略帶感傷的歌聲就此烙印我心中，但從不知此曲源自蘇格蘭，甚至連

雋永感人歌詞的涵義也是在成年後才明白：「青青校樹，萋萋庭草，欣霑化雨如膏，筆硯相親，晨昏歡笑，奈何離別今朝……」明白歌詞寓意後的感動是深遠的，因著這份感動，在小學畢業三十餘年後，我們這群自幼一起成長的鄰居兼同窗好友，成立了「岡山空小同學會」，共同感念師恩，凝聚情誼，如今這份深情的聯繫已維持將近二十年了。

此時在我耳邊哼唱此曲的遊伴愈來愈多，似乎都在以此曲緬懷原創者，而我更在此刻想起了遠方的老友們──兒時的玩伴、小學同學。好懷念我們一起玩耍的那片青草地與大榕樹，雖然今日的密集屋舍已遮蓋了往日的青綠，巷弄街道中的嘈雜已取代了古早的寧靜，但我心中這片青綠與寧靜永不會被遮蓋或取代。

當記憶的匣子被開啟時，我感覺自己好富足，因為我曾擁有過友愛的玩伴與清新的環境。當記憶的匣子被開啟後，我感覺自己真幸福，這一切的美好至今仍與我同在──我兒時的玩伴與那份綿長的情誼。

感恩餐桌上的美食與友情

　　一九九六年暑假，我們從俄亥俄州搬來達拉斯，由於是買下老朋友的舊宅，倚仗著這層老關係，我們也立刻享受到左鄰右舍們的關愛，其中以右舍——David與Sandy夫婦對我們照顧得最周到。這對白人夫妻年過半百膝下虛無，對我的女兒疼愛有加，知道她初中畢業才移民來美，沒享受過美國傳統節日中屬於孩童的風俗情趣，Sandy就一一介紹，包括萬聖節教女兒雕刻南瓜臉譜，聖誕節前與女兒一起烘培製作薑餅屋，更與我們約定，每年

▶切開的「三味一體」的無骨火雞Turducken

的感恩節到她家共度。

　　那年的感恩節是我第一次嘗試美式家庭的烤火雞，也是首次見識烤火雞的過程。Sandy來自俄亥俄州鄉下，平日以素食為主，偶爾吃些雞肉。為了讓我們認識美國傳統感恩節的飲食，特別準備了一隻足夠十人吃的大火雞，從早開始忙碌，我與女兒都趕來幫忙。初次見到如此龐大的火雞，感到十分新奇。只見Sandy熟練地準備好待烤的火雞，我與女兒都覺得好有趣，在台灣一般住家廚房沒烤箱，用烤箱烤食物是我最感興趣的。

　　等待烤雞的空檔，Sandy忙著做「蔓越莓醬」（cranberry sauce）及肉汁（gravy）。移民來美後我開始逐漸了解美國飲食文化，許多食物多是以肉汁或醬汁相佐，味道來自於外，不同於中式美食的鮮美味道取決於烹調時的火候與調料，使美好滋味和食物融為一體。

　　我在達拉斯吃到的第一頓感恩節大餐，雖有著濃濃的人情味，但食物本身卻並不適合我這中國胃──也許因為火雞太大，肉質不如體積較小的雞肉滑嫩多汁，吃起來缺乏鮮味，以蔓越莓醬相配的吃法更是我較無法接受的「甜鹹配」。

　　酸酸甜甜的蔓越莓醬，倒是使我想到兒時家中自製的李子醬，我拿起麵包抹上醬汁，邊吃邊憶兒時，此舉引來Sandy夫婦開懷大笑。這頓感恩節大餐，我吃下的不僅是一份異國情誼，更是無限的懷鄉之情。自此以後數年，每逢感恩節我們全家就成為Sandy夫婦的客人，感恩節對我而言，不僅是吃頓大餐，也是享受好鄰居熱情關懷的日子。

　　沒多久，Sandy夫婦退休搬回俄亥俄州鄉下，我們開始自家過感恩節。第一次自己準備感恩大餐，我決定以煙燻火雞

（Smoked Turke）為感恩節主餐。煙燻火雞經過醃製，本身已有味道，食用時不須蘸醬汁，吃進我這中國老饕的胃中，竟想起過中國年時的年菜——香腸與臘肉。一口口吃入嘴裡的煙燻火雞，卻咀嚼出萬般滋味，既有著中國年節的歡慶回憶，又不免想起Sandy夫婦，回憶與他們共度第一次感恩節的歡樂點滴，及Sandy對女兒與我無微不至的照顧，煙燻火雞的滋味竟化作對老友無限的思念。

　　女兒大學畢業就業後，每逢感恩節一定趕回家團聚，她公司同事們在感恩節前的熱門話題，總是談論如何變化感恩節大餐的菜色。女兒由同事口中得知，辦公大樓附近有家商店，出售特殊口味的Turducken——一隻完全去骨的火雞，肚內塞滿好料，包括一大片鮮嫩鴨肉，及鮮嫩雞肉與特製填充食材。一隻雞包括三種口味，對愛追求新鮮美食的我而言，欣然接受女兒建議的「革新感恩大餐」，從此我家感恩節餐桌上的火雞大餐更為精彩。據說這種去骨填肉的Turducken源自於路易斯安那州（Louisiana）南部，我偏愛辣味，所以對這種正宗「辛辣口味」（Cajun flavor）的烤火雞很有認同感。

　　我真佩服這道美食的發明者，火雞肚內塞入的鴨肉滑嫩爽口，雞肉鮮嫩多汁，填充食材本身香軟可口，其中的香料味更滲入火雞肉中，使火雞與雞、鴨三種肉質都通透著一股幽香，細嚼慢嚥品味美食的同時，齒頰間飄散著淡淡芳香與印地安（Cajun）口味的辛辣，再度刺激食慾，一口接一口地享受這「三味一體」的無骨火雞，真是感恩大餐中最難忘的滋味。

　　我將這改變告訴Sandy，她很好奇，急忙問我這種Turducken的滋味如何，我說：「相當神奇美味。」

　　不忍獨享這種美食，次年我邀Sandy夫婦來家過感恩節，她欣然應允。與老友再相聚的喜樂，使感恩大餐更多滋多味。看著從烤箱中取出烤得黃澄油亮的「三位一體」無骨火雞，想起當年我向Sandy學習使用烤箱烘培糕點的種種情景，感恩節餐桌上的美食，真是永遠散發著濃郁的友情芬芳。

紫薇花間撫今憶往譜未來

五月初甫自英倫旅遊歸來，腦中盡是愛爾蘭的藍天綠地，此時達拉斯時序初入夏，卻已暑氣逼人。達拉斯的夏日是最難捱的季節，清晨開門迎來陣陣熱氣，夜幕也在蒸騰的暑氣中低垂，下午刺眼陽光更是對駕駛人的考驗。

我如常駕車行在熟悉的路上，驚見睽違十數日的行道樹已著新裝，原來紫薇花都已綻放，以往六月底才展露風采的紫薇花季，今年顯然已提早登場。

▌紫薇花行道樹

　　不知從何時起，行道樹上串串的粉紅、嫩紫、豔紅與潔白的紫薇花朵，竟成我最盼望的一道風景線。二十世紀九〇年代我剛搬到達城，住家附近許多新社區，房屋四周僅有低矮小樹苗，晴空豔陽毫不留情地潑灑於嫩葉上；果真是「十年樹木」，通過考驗的小樹已成林蔭。社區因綠蔭更添身價，當我周遭環境變化的同時，我也在蛻變。

轉折

　　許多年後，回憶自己的這段「中美姻緣」，我仍堅信是天意。

　　三十多年前，我結束那段不如意的婚姻，帶著女兒回娘家，有父親這精神支柱，我堅強地學習做單親媽媽。直到父親因腦溢血驟逝，我的精神支柱傾倒，情緒幾乎崩潰。

　　母親早逝，妹妹與我和父親相依為命。父親突然去世，我精神頓失依靠，鬱鬱寡歡地工作並照顧幼女，令二位大學好友為我擔心，她們勸我離開傷感地，為我介紹男友，盼我能來美定居。

　　當時擔任公職的我，孤苦無依地撫養幼女，從未想過移民來美，但命運似乎安排我的後半生要遠離出生地。經過一段時間的書信交往與相互探訪，我與外子在台灣結婚，隨後移民來美。我常想，父親若仍健在，我絕不會捨他不顧而來美定居。

　　一九九三年八月，我帶著女兒移民至俄亥俄州，住在一個在地圖上不易找到的小鎮伊南（Enon），卻是帶我認識美國風情的原鄉。這兒春花燦爛，秋楓醉人，夏季熱而不燥，就連冬雪也充滿詩意。在這淳樸的城中難得見到東方面孔，我與女兒忙著上課，外子則耐心陪我們學習融入美國社會，日子雖自在內心卻空茫，原本就極易傷春悲秋的我，走在秋風瑟瑟、落葉滿徑的公園

裡，心卻懷念南台灣的豔陽天。初遇冬雪之興奮也凝滯於心驚膽顫的冰上駕車考驗中。經過多次冰封雪颯中的實地磨練，我已能從容應付風雪中的嚴峻路況。每次從紛飛的大雪中安抵家門，回望雪地裡的車痕，我總在心底為自己鼓掌。當銀色耶誕到來時，我茫然的心中已有了些底氣。

嚴冬過後，大地又是一片和藹可親。一日，我到附近的代頓（Dayton）市訪友，見到天空滿是噴放著彩色線條的飛機，看似正在進行精彩的飛行表演，我突然意識到自己人生又逢難得的巧合——出生於台灣南部空軍基地「岡山」的我，從沒想到此生會與美國俄亥俄州的代頓市結緣！這裡因為是發明飛機的「萊特兄弟」故鄉，而設立美國國家空軍博物館。看到空中逐漸擴散的彩色線條，我的眼眶盈滿淚水，迅速將車靠邊停妥，腦海中清晰浮現家鄉的人事物，思親與思鄉的情緒沉重得令我驚訝。仰望天際片刻，我頓悟生活的真實性不容片刻消沉，抹乾淚痕繼續前行。

此後家鄉種種漸沉記憶深處，異鄉即是我家。

歷練

若說俄州是我融入美國生活的起點，德州就是我學習在美國立足的基點。

一九九六年七月，我們由俄亥俄州搬到德州，是為實現外子的創業夢想。達拉斯這多元化大城中的人事物與俄亥俄州鄉下迥異，我居住社區的四周不僅有許多國際知名的科技公司，也有幾間頗具規模的東方超市。城市生活雖比鄉村多姿多采，但卻須具備在大城市生活的基本能力，首當其衝的就是要學習在高速車陣中平安駕駛。習慣於鄉間優閒駕車遊逛的我，在學習從危險高速

路段求生存的現實中看到自己的潛能，也因此相信我能適應一切改變。

　　來到達拉斯陪外子創業，我開始做銷售，要學習採購、議價、推銷，甚至搬貨、送貨、整理倉庫等粗活。生活與生存的學習奠基於觀念的改變，我每日面對的群眾由「莘莘學子」變為「顧客」，以往是「莘莘學子」們聽我傳道授業，如今面對「顧客」則須說服他們購買貨品，我仔細思量這兩種群體間微妙的相似處，銷售工作也逐漸得心應手。

　　上世紀末期的達拉斯已是一個邁向國際化的大城市，城市蓬勃發展的原動力，應追溯自達福國際機場的啟用與上世紀七〇年代的能源危機——前者使達城躍身為美南地區最主要的空中交通樞紐，後者為擁有油田與天然氣資源的德州石油公司帶來巨額財富。八〇年代，達城的經濟發展，更朝高科技工業與電子通訊業突飛猛進，因而贏來美南「矽平原」的外號。如此騰飛的城市，居民工作穩定，其購買力也不容小覷。

　　本世紀初期，達拉斯的外來移民漸增，我們的生意也進入巔峰期，外子與我為擴展商機而四處奔波，我倆輪流駕著愛車Suburban馳騁在德州寬敞的高速路上，開啟定速巡航（Cruise Control）後，往往數小時不用踩剎車或換車道。此時我看懂了德州的遼闊，腦海中浮現兒時住家廣場前放映的西部電影——《荒野大鏢客》（*A Fistful of Dollars*）、《麥坎納淘金記》（*Mackenna's Gold*）等。幼年的我，對美國的印象始於廣袤無垠的荒漠、躍馬狂奔於黃沙飛揚中的牛仔。沒想到中年後的我，竟會駕著鐵馬越過類似西部電影場景中的遼闊荒原。雖然平坦的水泥路面不會因車輛駛過而捲塵揚沙，但我內心卻充滿奔馳於曠野

的暢快，彷彿實現了兒時憧憬躍馬狂奔的癡夢。正當我享受悠哉
駕駛之樂時，外子甫自小憩中清醒，見我已能為他分擔長途駕車
之辛勞，欣慰地笑著說道：「妳年少時可曾想過，中年後的妳會
駕著大車，在美國四處奔跑忙生意。」的確，和年少時相比，我
的日子不再多愁善感。每日清晨，打開窗簾迎入的那道陽光，就
是我面對忙碌、壓力與挑戰的動力，在陽光之城達拉斯，我的動
力源源不絕。

規劃

　　東奔西跑將近十年後，達拉斯的經營環境逐漸改變，眾多的
外來移民帶來了商機，也引入了無數競爭者，網路銷售更是夜以
繼日地吞食著各種類型的商店。我突然覺得身心俱疲。自搬入達
城的那個炎熱週末起，我就忙於奔走生意，從未仔細打量這城，
該放慢生活腳步了。

　　我開始考慮退休，逐漸從商場抽身，將生活重心回歸到自我
追求，與文友們再聯絡，學習電腦與中文打字，整理舊作出版文
集。在一次讀書會中，我見到文友傳閱描繪達城紫薇花的佳作，
原來達城夏日常見的花朵，就是我久聞其名而不識其貌的紫薇
花。循著文中所述的「紫薇花道」我尋訪花蹤，就在我家西邊的
普雷斯頓（Preston）路上，我見到集中於高級商圈附近最美的花
道。說花美不僅因為整排紫薇萬花齊放有「數大之美」，更因大
道兩旁的高齡樹群有足夠的生長空間，以致樹形端莊、富麗、雍
容，將商店本來略顯冷峻的玻璃建築襯托得挺拔、瀟灑。

　　這路段與我每日工作的店面方向相反，我雖不常來此，但
知道大路北端多是著名企業的辦公大樓，近年來更是發展蓬勃。

我索性沿著花道往北邊駛去，穿過著名百貨公司傑西潘尼（JC Penney）總部外的草坪，遠遠見到洋芋片泰斗菲多利（Frito Ley）總公司外的大旗。繞過市內第一條付費高速公路，我進入一個繁榮商圈，因為公司與旅館林立，此處已成為「高級白領」們的主要消費區。人行道兩旁也種植著紫薇，我決定停車走走，踏著花磚上散落的紫薇花穗，欣賞眼前這片紫薇花群，它們較年輕，同這片新商圈一般朝氣蓬勃。

在熠熠陽光下盛開的紫薇花，樹梢結滿二、三十個花苞，以「新花續舊枝」的方式開放，難怪能有長達百日的花期。正如這個城市，合理的地價與優秀的人才，不斷吸引大企業投資，更有老城區翻新引進新居民，平靜安逸的生活環境，完善的醫療設施，既適合青壯年人就業，也適合銀髮族養老。

對邁向遲暮的我而言，經歷過命運的起落與波折，只求寧靜度餘生，這兒正是我安享晚年的理想城市。

輯四

文思的啟迪

我讀《巨流河》

二〇一〇年春季，我先後閱讀三本敘述相同時代背景的好書，龍應台的《大江大海一九四九》、王鼎鈞的《文學江湖》與齊邦媛的《巨流河》。其中我對《巨流河》的感觸最深，主要因為我的母親出生於東北瀋陽，卻在我小學時代亡故，我對母親的故鄉事，有著諸多渴望知曉卻又無從得知的遺憾，藉著《巨流河》作者多情又溫和的文筆，引領我認識那個動盪的時代「母親故鄉」的人事，對我而言彷彿是精神上的尋根，這種感覺常令我閱讀此書時眼眶泛紅。

《巨流河》是作者齊邦媛家鄉的母親河，也是齊邦媛之父齊世英當年參加郭松齡將軍倒戈兵敗的傷心地。

齊邦媛教授出生於清代被稱作巨流河的呼遼河邊，隨著紛擾的東北情勢，她自幼就與父母遠離家鄉四處漂泊。在戰爭中成長的她，非常幸運地仍有機會接受完整教育，並在英語和國文方面打下堅實基礎。我想是文學的薰陶，使她擁有豐富的精神生活，也使她文章中蘊藏一份獨特的情愫，伴隨讀者與她一起追溯憶往。

這本書共分十一章，第一章到第五章，主要敘述作者的故鄉、家世、出生，以及抗戰時的流離與求學經歷。最終抗戰勝利大學畢業後，她卻陷於個人與國家前途兩茫茫的虛空與傷逝中，最後決定孤身前往台灣大學任教，如此的抉擇卻冥冥中與國家的未來走上同一條路。

　　書中的第六至十章，敘述她在台灣的婚姻生活與教學、工作經歷及文學成就，點點滴滴細緻的回顧中，不但見到她幸福的家庭生活、精彩的教學成就、孜孜不倦的充實進修，更見到她成為台灣文學推手的卓越貢獻。

　　最後一章〈印證今生〉——從巨流河到啞口海，作者用九段文字分別敘述父母的去世，與回大陸探親所遭遇的悲喜情事。四十多年不通音訊的鄉親與故舊再度重逢時，情緒與情感上的巨大衝擊，對這位高齡學者而言，似乎有著無法承受的重與痛。但她以沉穩的筆觸，藉著溫雅悠緩的文字，將所有的悲憤、憂傷與無奈化作款款深情，最後以「一切歸於永恆的平靜」這句話為全書畫下句號。

　　我對齊教授的治學精神一向敬佩，但對她的作品卻不太熟悉。當我翻閱這本書序文，讀到：「我在那場戰爭中長大成人，心靈上刻滿彈痕。六十年來，何曾為自己生身的故鄉和為她奮戰的人寫過一篇血淚紀錄？」我被她那種「捨我其誰」的使命感深深感動。

　　再讀到：「六十年來，我沉迷於讀書、教書、寫評論文章為他人作品鼓掌打氣，卻幾乎無一字一句寫我心中念念不忘的當年事——它們是比個人生命更龐大的存在，我不能也不願將它們切割成零星片段，掛在必朽的枯枝上。我必須傾全心之虔敬才配作此大敘述……」我的熱淚已盈眶，如此慎重的寫作態度值得我學習。後來我發現，作者嚴謹的治學態度在文中處處可現，每次展書閱讀，我總會在字裡行間仔細尋找這種值得我效法學習的治學風範。

　　全書起始於作者以自傳方式追憶個人的出生與家世，透過細

膩的筆觸，娓娓敘述父母、家園、故鄉與國家的往事。穿梭於筆下的人物，都有著鮮明的個性與生動的表情，如此傳神的表達方式，帶給我濃厚的閱讀興趣。

第一章〈歌聲中的故鄉〉，我最喜歡「渡不過的巨流河」這節。作者以平實的手法，敘述她父親的個性、學經歷與理想抱負。一位幸運的莘莘學子，在異鄉深造，沉沁在幸福的學習情境中，內心念念不忘的仍是家鄉事。在二十二歲年少的心志中，已埋下要回鄉辦教育的種子，以致日後無論面對任何艱困環境，都無法阻擋他照顧與教育家鄉子弟的實際行動。

第二章〈血淚流離──八年抗戰〉，作者親身經歷的戰亂與逃亡經歷，刻骨銘心的國仇家恨，透過真摯感人的敘述與描繪，常令我悲傷落淚。尤其是一九三七年的元宵夜，幾百名東北流亡學生，在哭泣中以歌聲懷念故鄉的場景，最令我動容。

〈中國不亡，有我〉這章從敘述南開中學張伯苓校長開始，兼懷念作者的恩師與戰亂中的求學點滴。幸運的她在戰亂中不但求學不輟，順利完成初高中學業，且受慈父疼愛，在成長的關鍵歲月裡，仍有機會接觸好書，奠定一生追求知識的基礎。

作者的「大學生涯」，始於一種較矛盾的心情，既渴望遠行獨立，卻又難忍遠離家人後的思念，但經過第一年的磨練，她漂浮狀態的生活產生急遽變化。朱光潛老師的約談，改變了她想要轉系的念頭，名師的指點與世界名著的啟迪，奠定她一生治學與教學的基礎。

我最欣賞她在第四章第九節中，回憶朱光潛老師講授英詩的情境：「隨著朱老師略帶安徽腔的英國英文，引我們進入神奇世界。也許是我想像力初啟的雙耳，帶著雙眼望向窗外浮雲的幻

象，自此我終生愛戀英文詩的聲韻，像山巒起伏或海浪潮湧的綿延不息。」如此生動的描繪，使我的閱讀情緒，彷彿也與〈雲雀之歌〉的歡愉及〈夜鶯頌〉的沉鬱一同起伏。

我澈底融入文境中，享受穿越時空的閱讀喜樂。

隨著這份愉悅的情緒，我一口氣讀到第五章的十二節〈落伍與前進的文學〉，在這裡我看到作者以讀書為業這種志願的實際意義，她堅持選讀《神曲》，不同於其他學子受惑於狂熱政治文學的盲目追求。

我想，她這份理智與紮實的學習根基，為自己奠定了一種理想目標，數十年後她在台灣，全心全意地尋求「台灣文學」的定位，搭建台灣文學通往世界文壇的橋樑，兢兢業業的心思意念中，只有文學，沒有政治，以宏觀角度省思「台灣文學」的雍容氣度與風範令我萬分景仰。

戰爭結束，國家的災難與國人的苦難也結束了。作者大學畢業後，隨之而來的卻是滿心的虛空，為自己茫茫前途，也為國家的迷茫，悼亡傷逝。幸好在迷茫中，理性未滅，父母尚在，於是她決定回家，從上海到北京分別拜見久未謀面的父母後，機會緣分牽引作者到達台灣。

從〈風雨台灣〉這章開始，作者以親身經歷，為台灣戰後的復興做見證。舉凡教育與鐵路、電力等技術人才，甚而農林畜牧的研究發展中，都有作者熟悉友人的身影。這些為台灣日後繁榮富足打下基礎的英雄人物，透過作者詳實的記述，與台灣復興那段史實，同時躍動於書卷中，我讀來倍感親切。

在這些篇章中，作者筆下早期台北街頭生活情境的描繪，鮮活地跳躍在我眼前，令我閱讀的興味更濃，也激活了我對自身精

神家園的美好回憶，我努力從記憶匣中尋找台北早期的身影，海外遊子思鄉之情油然而生。

反覆閱讀好幾遍〈一九四八，接船的日子〉，我彷彿從中看到當年父母親來台時的景象，來自大江南北不同鄉音與背景的一群群人潮湧入海島，海峽兩岸無數家庭的悲歡離合，從這年開始進入另一個世代。

曾經擔任教職的我，讀〈心靈的後裔〉這章時格外感到親切。作者提到方東美先生曾說「學生是心靈的後裔」，因此她視教書為一種傳遞，將所讀、所思、所想與學生分享。不斷地進修使作者累積更多向學生傳遞的資本，這也是我最羨慕的。

不斷地進修也為作者開拓更寬廣的教學視野，引領學生在無涯的學海中努力吸收新知。從一九四七年到台大當助教開始，至一九八八年退休，四十多年來作育無數英才，都成為日後國家社會的棟樑。

經歷五年國立編譯館的工作後，作者再度回到台大繼續終生志趣的教學工作。在〈開拓與改革的七十年代〉，及〈台大文學院的迴廊〉這兩章中，我看懂一個事實：作者努力尋求台灣文學的定位，並竭盡心力將台灣文學推上國際舞台的動力，來自於她在國外進修與教學時所見到的實際需要。

這是件極有意義的大事，作者淵博的學識與在學術界崇高的聲望，再加上「捨我其誰」的使命感，幫助她完成為台灣文學定位，並登上世界文壇的歷史任務。

閱讀接近尾聲，書中有兩位東北漢子的身影再度跳躍至眼前──一是作者之父齊世英先生，一是為國捐軀的張大飛先生。在我看來，齊世英先生早年政治理想雖未實現，但他光明磊落的政

治風骨的確令人敬佩。而作者筆下張大飛先生短暫生命所發出的
光與熱，正是無數為國犧牲烈士的縮影，永遠會受到後人的緬懷
與追思。

　　有人評論《巨流河》的作者以書寫個人史的手法寫出家國
史，對歷史不仰視也不俯視，將歷史浪潮中個人的悲歡際遇，流
轉起伏，描述得真摯感人。

　　我則認為這本書不但是難得一見的個人史、家國史，更是
可遇而不求的傳世佳作，何其有幸閱讀此書，並記下個人的一些
感動。

月下詩情

　　月乃多情之物，歷代文人雅士多與月有著不解之緣。多少年來，當月亮以皎潔的姿態出現在夜空，總是那麼地輕柔、安詳又甜美，還帶著點神祕感，引人遐思。

　　我自幼喜愛月亮，更愛在柔和月光下聽父親說故事，但總是迷迷糊糊地，在父親低吟詠月之詩的韻律中進入夢鄉。

　　蘇軾的〈水調歌頭〉：

> 　　明月幾時有，把酒問青天？不知天上宮闕，今夕是何年。我欲乘風歸去，唯恐瓊樓玉宇，高處不勝寒。起舞弄清影，何似在人間。
>
> 　　轉朱閣，低綺戶，照無眠。不應有恨，何事長向別時圓？人有悲歡離合，月有陰晴圓缺，此事古難全。但願人長久，千里共嬋娟。

　　這闋詞正是父親最愛吟唱的長短調之一，長大後我才明瞭，每當父親思念杭州親人時，就會對月興嘆低吟此詞以抒發思親之苦。尤其在滿月之夜，更藉以排遣月圓人難圓的惆悵。也許是自幼耳濡目染之故，與月亮有關的詩詞，總能引發我的興味。

　　這闋〈水調歌頭──丙辰中秋，歡飲達旦，做此篇兼懷子由〉堪稱詠月絕唱，十分膾炙人口。中秋之夜，望月生情，從「問月」到「月下起舞」，再引申到人事的離合，全篇貫注著曠

達的胸襟、開闊的情懷及對親人的思念與祝福。蘇軾之詞豪邁
而有仙氣，咨肆放縱中仍見婉約，贏得後人的喜愛與傳唱實非
偶然。

　　蘇軾還有一首〈中秋月〉，也被視為詠月的千古佳作：

　　　暮雲收盡溢清寒，銀漢無聲轉玉盤。
　　　此生此夜不長好，明月明年何處看？

　　農曆八月十五，是中國傳統的中秋節。《辭海》云：「舊稱
陰曆十五為中秋節，以其居秋季三月之中也。」

　　歐陽詹在〈長安玩月詩‧序〉中說：「秋之於時，後夏先
冬；八月於秋，季始孟終；十五於夜，又月之中。稽之天道則寒
暑均，取諸月數則蟾魄圓，故曰中秋，言此日為三秋之中也。」
俗話說：「月到中秋分外明。」從古至今，人們總愛在中秋這天
賞月，後來更衍伸出與親人團聚的寓意。

　　東坡先生的這首〈中秋月〉，著重於描繪月色之美。詩中
「清寒」指月光，「銀漢」指銀河，「玉盤」則指明月。

　　我非常喜歡這首詩的意境與寫作技巧，蘇軾寫中秋月色之
美，使用「烘雲托月」的手法，為即將出場的月亮仙子營造一個
寧靜又萬眾期盼的舞台。最妙的是使用「溢」這個字，來突顯中
秋月色麗質天生之美，是暮雲無法掩飾的。清寒月光由天邊慢慢
溢出，為澄美明亮月色之現身譜出序曲，整個銀河系寂靜無聲地
等待一輪明月翩然而至。

　　在盡情欣賞中秋美月後，東坡不免傷感自身仕途之乖舛，藉
此生此夜的美好，遙想今後歲月仍充滿變數，不免傷懷，天才的

失意與無奈令人感嘆！

詩聖杜甫也有許多詠月佳作，除〈旅夜書懷〉中的「星垂平野闊，月湧大江流」外，我最愛他的〈月〉詩。

> 四更山吐月，殘夜水明樓。
> 塵匣元開鏡，風簾自上鉤。
> 兔應疑鶴髮，蟾亦戀貂裘。
> 斟酌姮娥寡，天寒耐九秋。

首聯兩句十個字深受後人喜愛，蘇軾甚至以「千古絕唱」來形容，可見其激賞的程度。我認為杜甫這首詩第一句中的「吐」字將月色描繪得生動逼真，一幅深秋月夜圖躍然紙上，是整首詩重要的看點。

其次，我覺得杜甫的「四更山吐月」，與蘇軾〈中秋月〉詩中「暮雲收盡溢清寒」有異曲同工之妙。「吐」與「溢」兩字都是詩眼，「吐」字較陽剛，「溢」字較飄逸，因而呈現出動靜不同的月色。

再則，兩人藉月以抒情的用意都很明顯，藉物詠懷本是詩人慣用的手法，不過蘇軾在〈中秋月〉詩中的感傷較明顯，而杜甫詠「月」詩中的自憐較含蓄。仔細品味不難發現「斟酌姮娥寡，天寒耐九秋」這兩句看似猜想月宮中美麗寡居嫦娥的處境「非常清冷寂寥」，又值九秋寒天，更有著無可奈何的悲涼，實則藉以抒發自己窮困多病、前途渺茫又與親人遠離的孤寂無奈之情。

許多詩人流傳於後世的月下抒懷之作，都有嫦娥的身影，也都對嫦娥的寂寞芳心深表同情。如詩仙李白在〈把酒問月〉中寫

道：「白兔搗藥秋復春，嫦娥孤棲與誰鄰？」不僅是憐惜嫦娥，也可說是與嫦娥共憐共惜。

　　說到中國神話故事中淒美的月宮仙子嫦娥，不得不提及晚唐大詩人李商隱的〈嫦娥〉詩：

> 雲母屏風燭影深，
> 長河漸落曉星沉。
> 嫦娥應悔偷靈藥，
> 碧海青天夜夜心。

　　整首詩雖見不到一個「月」字，卻是千古以來吟詠月裡嫦娥詩詞中的精品，體貼入微地將嫦娥的淒清與寂寞和盤托出。李商隱的詩，一向以詞藻華美、艱澀難解著稱，但其情感沉厚，觸覺敏銳，思路曲折，常令人目眩神迷。但〈嫦娥〉一詩，詞意明朗，無難理解之處，讀來卻意蘊無窮耐人尋味

　　我認為整首詩中最膾炙人口的是「嫦娥應悔偷靈藥，碧海青天夜夜心」這兩句。這個「悔」字用得高妙，不但是章法上的轉折，更是意境上的更新。最後一句「碧海青天夜夜心」顯然是作者在替讀者解除心頭疑惑——原來月宮雖美，卻無以慰藉寂寞芳心。

　　詩人懸想神話世界的虛靜，既能表達現實世界自身的孤寂，又體貼入微地道出嫦娥孤寂懊悔的心境，表面看來只是代嫦娥仙子吐露心聲，實則也表達自己孤獨不得意的落寞之慨，這正是此詩最能引人共鳴之處。

　　在皎潔的秋夜月光下，緬懷嫦娥奔月這個神話故事，再低吟

這些淒美的詩句，想起天才詩人們的抑鬱沉哀與美麗仙子的孤獨
悽楚，怎不令人心有所感！

書香才女李清照

　　若說文如其人，還真是言之成理。每當我專心品賞李清照的詞句時，眼前總浮現出一位面貌端莊清秀，神情雖略帶傷感，眉宇間卻又難掩多情的女子面容。

　　李清照號易安居士，濟南（今屬山東）人，父親李格非為人清廉，學術造詣精湛。母親王氏也是官宦世家出身，王氏的祖父王拱辰是宋仁宗朝的狀元，因此王氏也具有良好的文學修養。幼承庭訓的李清照，在十五六歲時就已顯現詞作才華。例如那闋〈如夢令〉：

▼左：李清照紀念館內李氏木刻像
　右：李清照紀念館內李氏雕像

常記溪亭日暮，沉醉不知歸路。興盡晚回舟，誤入藕花深
處。爭渡，爭渡，驚起一灘鷗鷺。

這闋詞毫無雕飾地以樸實無華的文字，極其自然地勾勒出一
幅盪舟晚歸圖，由詞句中的描繪，似乎見到一位活潑瀟灑、開朗
豪放的女子從詞的意境中飄然而至。

另一闋〈如夢令〉，甚得愛詞人的推崇：

昨夜雨疏風驟，濃睡不消殘酒。試問捲簾人，卻道海棠依
舊。知否？知否？應是綠肥紅瘦。

我原以為這闋詞是她成年後的作品，二○○八年去濟南旅
遊，在趵突泉李清照紀念館內見到一些資料，始知這闋詞也是她
十六七歲時所寫。短短三十多字中，不但有對話，更有對落花的
想像，真是十分生動。末尾「綠肥紅瘦」四字，更是人人稱讚的
絕妙佳句。雖是春風秋雨、花花草草、醉酒沉睡等尋常事，少女
李清照都能以非比尋常的方式表達，其詩詞作品之傑出、才華之
橫溢在當時已享有盛名，正值婚嫁年齡的她，自然成為當時許多
年輕才子的追求對象。

太學生趙明誠對李清照早有愛慕之意。趙明誠頗好文藝，
酷愛詩文，尤愛收藏與鑑賞有價值的金石字畫，在士大夫中聲譽
卓著。而在李清照眼中，趙明誠出身高官顯宦之家，為人謙和沉
穩，又具有深厚的文化底蘊，高雅的文學趣味。

如此兩情相悅的一對才子佳人，婚後自然是琴瑟和鳴，這可
從李清照的一闋〈減字木蘭花〉中看出：

　　賣花擔上，買得一枝春欲放。淚染輕勻，猶帶彤霞曉露痕。怕郎猜道，奴面不如花面好。雲鬢斜簪，徒要教郎比並看。

　　春天到了，買來一枝含苞待放、仍侵染曉露的花朵，花色妍如丹霞，楚楚動人。但在下闋，筆鋒突然一轉，開始語帶憂慮，說道：「怕郎猜道，奴面不如花面好。」似乎在嫉妒這枝鮮花。隨即卻又自信地說：「雲鬢斜簪，徒要教郎比並看。」其實這闋詞是作者借花揣人，藉著與花爭豔，表露出新婚女子的嬌嗔之態與婚姻生活中洋溢的幸福。

　　這對才學出眾的夫婦，最幸福快樂的事，就是能夠一起參加彼此都非常熱愛的詩詞文章創作、收集整理金石碑刻、鑑賞品味文物字畫。當然，他們也常邀請朋友到家中品茶飲酒，而與他們相交之士，多為飽讀詩書者，所謂：「談笑有鴻儒，往來無白丁。」

　　收集文物須耗費大量金錢，趙明誠與李清照夫婦並非貴族富賈，他們收集金石文物的資金來自何方呢？根據李清照晚年所寫《金石錄‧後序》，回憶當時他們每到初一、十五，就到當鋪去典當衣服，再用換來的銀兩，結伴前往東京卞梁有名的大相國寺逛文物市場。那是一個經常舉行廟會的繁華集市，古今名人金石碑刻字畫的集散之地。李清照夫婦拿著典當來的少數銀兩，到集市中精心選購，回家後認真把玩考辨欣賞，從中獲得莫大樂趣。

　　一直與趙明誠居住在東京卞梁的李清照，在宋徽宗大觀元年之後，因趙氏兄弟遭到蔡京迫害而與夫婿返回青州老家。其後趙明誠兄弟三人還曾被誣陷入獄，後來雖洗清冤情而出獄，但兄弟三人全遭罷免官職，遣返回家鄉青州閒居。在那兒一住就是十

年，李清照那些飽含幽怨、情真意切的詞作，大都完成於這十年及此後十年。對仕途一向順遂的趙氏兄弟而言，閒居青州充滿失意與沮喪，但李清照卻未消沉不振。

李清照將青州居所取名為「歸來堂」，為自己取名「易安居士」，以表明淡泊名利、不求聞達的心志。這個齋名與雅號來自陶淵明〈歸去來辭〉的題目以及其中的兩句話：「倚南窗以寄傲，審容膝之易安。」表達了靠在窗下寄託傲然的情懷，房間雖小僅能容膝，內心卻十分滿足的意境，這對夫婦能安於困境的另一個重要的原因便是二人志趣相投，同心致力於金石碑刻書畫的收集鑑賞。青州十年這項志趣佔據他們全部的精力與時間，其中也凝聚著他們的愛情與友誼，更凝聚著他們對傳統文化遺產的熱愛與珍惜。李清照將其中的樂趣詳細地錄在《金石錄‧後序》中，她寫道：「得書畫彝鼎，亦摩玩舒卷，指摘疵病。」

青州十年，趙明誠基本上完成金石學著作《金石錄》，當然此書也包含李清照的功勞，夫妻二人共同完成的作品，也是他們幸福美滿婚姻的結晶。趙明誠對妻子的支持與協助也滿懷感激，這點可從其在「易安居士三十一歲小像」的題詞中可看出，他說：「清麗其詞，端莊其品，歸去來兮！真堪偕隱。」

就在趙明誠歸隱青州十年後，因蔡京等人的退出政治舞台，他得以重回仕途，但李清照的一闋詞卻有些意於言外，這正是我們熟悉的〈鳳凰台上憶吹簫〉：

> 香冷金猊，被翻紅浪，起來慵自梳頭。任寶奩塵滿，日上簾鉤。生怕離懷別苦，多少事，欲說還休。新來瘦，非干病酒，不是悲秋。

　　休休！這回去也，千萬遍陽關，也則難留。念武陵人
遠，煙鎖秦樓。惟有樓前流水，應念我，終日凝眸。凝眸
處，從今又添，一段新愁。

　　這闋詞顯然是李清照思念遠在外地做官的趙明誠，後人考
據，此作可能是李清照與夫婿長期分居的初始感受，故寫來格外
傷感。此後易安留下無數膾炙人口的思念趙明誠之不朽佳作，也
多完成於此一時期，其中正包含著我最喜愛的〈一剪梅〉：「花
自飄零水自流，一種相思，兩處閒愁。」以及〈醉花陰〉：「莫
道不銷魂，簾捲西風，人比黃花瘦。」

　　就在這對恩愛夫妻沉浸於幸福生活的同時，北宋王朝在經
歷靖康之變後陷入劇烈動盪，也澈底改變了他們的命運。李清照
在《金石錄・後序》中寫道：「聞金人犯京師，四顧茫然，盈箱
溢篋，且戀戀，且悵悵，知其必不為己物矣。」他二人數十年收
集整理的金石字畫將會遭遇何種命運，兩人必須運籌帷幄一番。
就在這年（西元一一二七年三月），趙明誠的母親在江寧去世，
此時宋徽、欽二帝已被金人俘擄，北方十餘州郡也被金人佔領，
李清照與趙明誠急於為自家收藏安排去處。最後決定趙明誠趁奔
喪之便，先攜帶一些文物字畫到江寧，經過篩檢仍裝滿十五車。
這雖是奔喪，也是他夫婦二人避難生活的開始。滿滿十五車文物
先由陸路運到東海（即現在連雲港附近），然後再以大船運送渡
過淮水、長江，最終到達江寧府。李清照則先留在青州，整理剩
餘文物，計畫在第二年春天運往江寧。這所謂的剩餘文物竟放滿
十多間屋子，要運送如此龐大數量的文物絕非易事。幸好第二年
春，北方局勢緩解。誰知李清照雖不急於南遷，留在青州也未能

保全這批文物。原來青州發生兵變，十餘屋的文物都在戰火中化為灰燼。但李清照仍盡其全力保護了部分最珍貴的精品，在與丈夫分離經歷重重劫難後，李清照與夫婿在江寧團聚。當時趙明誠已是江寧知府，忙於公務無暇陪伴，因此李清照雖與夫婿團聚，詞作中卻透著落寞無奈。譬如這闋〈臨江仙〉：

　　　　庭院深深深幾許？雲窗霧閣常扃，柳梢梅萼漸分明。春歸秣陵樹，人老建康城。

　　　　感月吟風多少事，如今老去無成。誰憐憔悴更凋零，試燈無意思，踏雪沒心情。

　　江寧的初春時節，應是一片令人欣喜的盎然綠意，她在回憶過往的同時，感嘆年華老去，心情憔悴不堪，無心賞燈也無意踏雪尋梅。這絕非無病呻吟，而是她藉著詩文表達她對時代變遷的憂慮，由此可看出她這位才女也是位關心國事的女中英傑。李清照是婉約派最傑出的代表人物之一，但她並非只會吟風弄月、兒女情長而已。她更有洞察歷史、鑑別情操的特質。例如她有〈烏江詩〉一首：「生當作人傑，死亦為鬼雄，至今思項羽，不肯過江東。」言詞悲壯激烈頗具英雄氣概。但杜牧的〈題烏江亭〉詩中言道：「江東弟子多才俊，捲土重來未可知。」兩相比較，杜牧這首詩在為歷史翻案，李清照的詩意顯然有種悲壯面對死亡的頂天立地之人格尊嚴。但現實社會中，與她志趣相投的丈夫趙明誠，卻在史籍（《建炎以來繫年要錄》）中留下一段並不光彩的紀錄。

　　話說一一二九年二月任職江寧知府已一年半的趙明誠，得

知御營統制官王亦圖謀不軌，卻以自己剛收到出任湖州知州的調令而不予理會，且在兵亂發生之際「縋城宵遁」，這件歷史事實固然令人驚訝，但似乎與他之前所扮演的優秀學者、文物鑑賞家、收藏家及好丈夫的角色並不衝突。因封建時代，讀書人唯一出路就是做官，只要書讀得好，是否具備良好的為官素質都不重要，這正是北宋重文輕武的缺失，終導致國家滅亡，兩位國君被俘擄。臨陣逃脫的趙明誠雖遭到罷官的處罰，但在李清照詩作中卻隻字未提。趙明誠被罷官三個月後，又重獲任命為湖州知州。此時江寧已改名為建康，當時正旅居池陽（今安徽貴池）的趙明誠，立刻回轉建康去晉見高宗，李清照暫時安頓在池陽。孰料就此一別，李清照的命運卻起了意想不到的變化。她在《金石錄・後序》中曾寫道：

> 六月十三日，始負擔捨舟，坐岸上，葛衣岸巾，精神如虎，目光爛爛射人，望舟中告別。余意甚惡，呼曰：『如傳聞城中緩急，奈何！』戟手搖應曰：『從眾。必不得已，先棄輜重，次衣被，次書冊卷軸，次古器，獨所謂宗器者可自負抱，與身俱存亡，勿忘也！』遂馳馬去。

從二人簡短對話中可看出，那些骨董器皿在趙明誠眼中是無比重要的，而他對妻子的囑託，最終的答案竟是與宋朝禮器同歸於盡，可見他經過罷官的恥辱後，已懂得捍衛比生命更珍貴的東西。七月底，就在二人分別月餘後，李清照接獲夫婿來信，因旅途勞頓及氣候炎熱，趙明誠得瘧疾病倒在建康。當李清照兼程趕到建康時，趙明誠又因用藥上的失誤，不僅瘧疾症未癒，還染

上痢疾。終至數病齊發，於八月十八日撒手人寰。李清照遭此巨變自然悲痛無比，而建康這一歷史名城，卻因此成為李清照的傷心地。建康原是她倉皇南渡的第一站，也是趙明誠恢復官職後的第一個任所，隨後卻在此留下遭罷官的恥辱。後來，原可成為埋葬他昔日羞辱與挫折的新生地，卻不幸成為夫妻二人永別的傷心地，這對結褵二十八載的恩愛夫妻，就此陰陽兩隔。那年趙明誠四十九歲，李清照四十六歲，她為趙明誠寫的祭文已失傳，僅留其中一對殘句：「白日正中，嘆龐翁之機捷。堅城自墮，憐杞婦之悲深。」她既自我寬慰，感嘆趙明誠先她而逝對明誠並非壞事，又自比杞梁之妻身陷於喪夫的悲痛中。由此可見其無奈與悲傷之心情。更有一闋〈孤雁兒〉，看似詠梅詞，卻足以見得李清照喪夫後的孤寂清冷生活與悲戚絕望心情：

藤床紙帳朝眠起，說不盡無佳思。沉香煙斷玉爐寒，伴我情懷如水。笛聲三弄，梅心驚破，多少春情意！

小風疏雨蕭蕭地，又催下千行淚。吹簫人去玉樓空，腸斷與誰同倚？一枝折得，人間天上，沒個人堪寄。

趙明誠過世，年近半百的李清照遭此巨變，在大病一場後，頑強地站起，首先想到要保全古籍文物。她想到有一人可託，那就是人在洪州（今江西南昌）的趙明誠的妹夫，當時的隆祐皇太后是宋哲宗的皇后，宋高宗的母后，故而洪州有強大侍衛保護。李清照認為此地比建康安全，又有熟識的妹夫可託，於是將所有古籍文物都運到洪州。沒想到金兀朮聽說隆祐皇太后在洪州，便立即渡過長江直逼洪州，在緊張危險的軍事形勢中，這位妹夫沒

有經驗保護為數眾多的古籍文物，根據李清照在《金石錄・後序》中記載：「冬十二月，金人陷洪州，遂盡委棄。」也就是說那裝滿十五車，多達兩萬卷的古籍圖書、兩千多卷金石碑刻拓本，在兵荒馬亂中全部化為烏有。前後僅兩年時間，先後在洪州、青州，一南一北，他夫婦二人畢生精心收藏就在兩次兵戎災難中毀滅。那些文物字畫不僅僅是歷史實物，也是她與夫婿相知相惜的情感見證。當大部分收藏毀滅後，她的心情如何，可從這闋〈清平樂〉中看出：「年年雪裡，常插梅花醉，挼盡梅花無好意，贏得滿衣清淚！　今年海角天涯，蕭蕭兩鬢生華。看取晚來風勢，故應難看梅花。」藉著回憶以往與夫婿在下雪天一同飲酒賞梅花的情景，感嘆如今淪落海角天涯獨自飄零的淒涼，既傷己也悲國運。

　　就在趙明誠去世三年後，年近半百又無子嗣的李清照內心十分憂苦，同時感到寄住於弟弟李迒家中實非長久之計，因而產生再婚念頭。這時，有個人走入她的生活，他叫張汝舟，當時任右奉承郎監諸軍審計司，雖只是七八品的小官，但責任重大，朝廷對任官者素質要求也高。在張汝舟殷勤主動追求之下，迫切渴望再擁有屬於自己家庭生活的李清照，就答應了這門親事。婚後李清照很快就發現，張汝舟不僅在學養與生活情趣上無法與趙明誠相比，更是一個道德敗壞、居心叵測的小人。且察覺張某與她結婚的真正目的，是想奪取她手中僅存的文物。此外，婚後的張汝舟不再如婚前那般溫柔體貼，並對李清照施以暴力及精神虐待，迫使李清照主動提出離婚要求。宋代法律明文規定，妻子不能主動提出離婚。李照因此做了一個驚世駭俗的舉動，她決定狀告自己的丈夫，告發他「妄增舉數入官」，也就是檢舉他虛報考

試次數才獲得官職。這案子在當時被鬧得沸沸揚揚，張汝舟最終被開除公職，流放到廣西柳州。按照宋代法律，如果丈夫被留放到偏遠的外地，妻子可以合法與他離婚。宋朝法律還規定，妻子將丈夫告上法庭，如果丈夫真有罪，就算做是丈夫自首，丈夫被判處刑罰時，妻子也要坐兩年牢。李清照熟知宋代法律，但仍提出上告；慶幸的是她只在監獄裡待了九天，原因是趙明誠有位遠房親戚——翰林學士綦崇禮及李清照弟弟李迒對這案子都有影響。

李清照離婚後，她又不得不住在弟弟李迒的家中。遭逢戰亂磨難，又經歷再嫁與離婚的變故，苦難的生活與磨難更歷練出她煥發的詩情，使她創作的成就愈發膾炙人口。如〈武陵春〉就反映出她當時的心境：「風住塵香花已盡，日晚倦梳頭。物是人非事事休，欲語淚先流。聞說雙溪春尚好，也擬泛輕舟。只恐雙溪舴艋舟，載不動許多愁。」其中最為人稱道的名句：「只恐雙溪舴艋舟，載不動許多愁。」以小船之輕與憂愁之重的強烈反差，體現她超俗的文學才氣。

李清照詞作所表現出才氣縱橫的創作力是多方面的，她善於通過生活細節表達內心世界，如〈蝶戀花〉中：「惜別傷離方寸亂，忘了臨行，酒盞深和淺。」以生活中的微小細節，將臨別依依的心境，描繪得維妙維肖。她的詞作中最善於以通俗的生活化語言，表達細微的情感變化，如〈一剪梅〉：「花自飄零水自流。一種相思，兩處閒愁。此情無計可消除，才下眉頭，卻上心頭。」用非常通俗的文字，深刻描繪出瞬間的情感變化，因為通俗易懂深得後人喜愛。她詞作中的內容與語句雖尋常，但經由她脫俗才思的組合，卻能表先出一種淡雅的審美境界，如〈孤雁

兒〉：「小風疏雨蕭蕭地。又催下、千行淚。吹簫人去玉樓空，腸斷與誰同倚？」

　　李清照現存作品不多，但皆為格調高雅、通俗清新之作，不愧為婉約詞宗之首。了解其生平、個性與際遇後，更易走入詞中的內心世界，體會她詞意的精妙。

聽黃春明說故事

　　二○○八年，我陪楊芳芷大姐到休士頓演講，聽說美南作協計畫邀請台灣著名鄉土作家黃春明來演講的消息，我衷心期盼，但一等就是三年。

　　二○一一年九月初，確知黃春明到休士頓演講的時間後，我開始天天數算日子。為了聆聽十月二十二日上午十點開始的演講，我提前一日南下住在女兒家。第二天一早，當我到達華僑文教中心停車場時，見到美南作協會長石麗東大姐陪著黃春明也剛到達，我趕忙上前致意並合影留念。得見仰慕已久的文壇前輩，我內心除激動外並充滿感謝，感謝他以七十七歲高齡，經歷長途飛行來到美國，與熱愛他的讀者分享寶貴的寫作心得。

▶作者與黃春明合影

　　這場演講的題目為〈黃春明說故事，談生活與創意〉，清新平易的講題，正如同他的作品一樣，親切平實但感人至深。以「鄉下人」自居的黃春明，用杜威的教育理念「生活就是教育」作為他這場演說的援引，道出他個人生活中的故事。

　　當他說到「生活就是教育，教室是天與地，在動的教育中，學到的東西相當有機」，我的心緒為之一震。擔任教職將近二十年的我，在女兒小學時代，為了陪伴她學習，也為了自我充實，曾潛心學習「創造思考教學法」——著重的正是從日常生活中尋找素材，激盪學子的思考以引發創造力。此後「在生活中學習，思考與創作」成為我生活的重要準則，如今聽到黃春明將「日常生活學習所得」冠以「有機」一詞，除心有同感外，更暗自慶幸有機會聆聽這場兼具文學創作與生活教育的演講。

　　自幼失怙、家境清寒的黃春明，曾有一段充滿叛逆的青春期，離家出走自食其力的打工生活，令他提早認識社會的百態，這段難得的生活教育，既為他儲蓄日後的寫作素材，也成就他悲天憫人的情懷。透過小說，黃春明既寫出社會底層小人物的喜怒哀樂，也表達了他對故事中小人物的關懷。讀他的小說，彷彿看到他活靈活現地生活在其中，真切又感人。

　　黃春明謙稱，他沒念什麼大學，卻因為多次被退學而念過不少學校。又說，他自幼就是家中的壞孩子、學校的壞學生、鄰居眼中愛惹事不乖的孩子，因此他在生活中無法肯定自我，曾經相當自憐。直到接觸小說，從閱讀中發現世上還有比自己可憐的人，從此他不再自憐。

　　「自我成長」的行為正是一個人智慧的表徵，世上有許多生於貧困而奮發向上的人，也有許多遭遇逆境就自暴自棄的實例，

黃春明屬於前者，他在逆境中成長茁壯，面臨困境仍展開笑容樂觀應對。如此個性塑造出的小說人物，雖居於社會底層，也總散發著令人尊敬的生命意志，這正是黃春明小說受到廣大讀者欣賞與重視的主要原因。

演說開始時，黃春明曾謙虛說道，他的寫作歷程是「土法鍊鋼」，但我卻覺得他特殊的寫作風格源自天賦，這種天賦在因緣際會的牽引下逐漸展露。那時他只是中學生，一位影響他極深的老師與老師的贈書——沈從文與契訶夫的小說，使他愛上閱讀。此後雖未刻意研究小說，卻自然而然寫出動人的篇章。寫作的動力源自內心，寫作的素材則來自貧苦生活經驗，特殊的生活經歷，培養出敏銳的觀察力，使他學得課本以外的知識與人情事故，進而激發他的創意。他將創意融入文字，藉著一本又一本的經典之作，向世人說明他對生活的定義：「人生不是來享受的，突破生活的難關就是成就。」

黃春明藉小說反映「時代的轉變與社會的脈動」，故事內容平實感人，寫作技巧卻頗具創意。以老頑童的心境寫童詩童話，寫活了純真的孩童心。用同理心去反映農村老人的孤寂與落寞，更獨具風格。反諷社會問題時他的筆調「戲而不謔」，探究文化差異的筆觸寫來則是「深刻入微」。無論是小說或散文，犀利的寫實中仍充滿溫情。這些文學上的成就，源於他用心體驗生活，並善用生活經驗所激發的創意。

聽完他「生活的故事」後，我更加欣賞他樂觀積極面對生活的態度。這場我期待已久的演講，不僅讓我獲得文學寫作上的知識，更得到生活經驗的傳授，等得再久也值得。

沈寧漫談民國人物

　　二○一二年二月十八日，我到休士頓探望女兒，順便到休士頓文教中心聆聽一場難得的演講，題目為：

　　〈沈寧漫談民國人物〉。

　　沈寧祖籍浙江嘉興，是西北大學中文系科班出身，現旅居科羅拉多州。他的二伯父是著名學者沈鈞儒，中國民主同盟的主席，抗日時被國民黨下獄的「七君子」之一，中共建國後曾任中國政協副主席。外祖父是知名中國社會經濟史專家陶希聖，做過蔣公的文膽，一九四九年隨蔣公赴台後終老台灣。這兩位祖輩意識形態雖然完全不同，卻都是大學問家。

　　出身世家，幼承庭訓，沈寧坦承受惠良多，他曾說過：「歷史知識方面，我的確有些基礎。長輩親友都是飽學之士，從小聽他們講書論史，學到許多歷史文化知識，培養了對歷史的興趣。再加上父母親都是重慶中央大學英國文學系畢業，受他們影響，我也喜歡文學，熱愛寫作。」

　　家學淵源，固然帶給沈寧許多文學藝術上的薰陶，前國民黨要員陶希聖家屬的身分，卻也給他們一家帶來很大的災禍。特別是一九六三年沈鈞儒去世後，他們完全失去庇護。沈寧說：「母親跟著外公在中國近代政治風浪中浮沉，又歷經北伐、抗日及中共統治，一直很想將自己的親身經歷寫下來，卻因為黑九類的身分，不但不被允許，甚至受盡迫害，患病無醫，終成殘疾，五十七歲即飲恨逝去。」

　　沈寧一開始就說道，他出生於南京，母親為總統府祕書，因此他自認為是民國人。他又說，在中華民國駐休士頓代表處僑教中心談民國人物，很有特殊意義。說到民國，首先他最認同的就是正體字，他很自豪地說，寫作時他永遠使用正體字，對於他能認清並堅守真理，我十分欽佩。

　　沈寧認為他之所以留心民國人物，因為他的長輩中有許多民國人物。又因他的成長階段，政治成分不佳，以致很孤獨孤獨的人多活在回憶中，再加上他是學文出身，對民國人物做過研究，所以較有心得。

　　在進入漫談民國人物這主題之前，他先說明歷史與民國時代的重要性。他先引一九三一年陶希聖在北京一段話——「歷史很公正明確地告知過去現在與未來，故應了解歷史」，以說明歷史的重要性。並說，看一個人的過去便知其現在與未來，政黨亦如此，所以要真實地了解歷史，了解真實的歷史。

　　至於民國時期，是指民國最輝煌的時期，約為民國二〇、三〇、四〇年代。此時期雖在戰亂中，但無論在推行憲政或建設國家與普及教育等多方面，都很有成果，因此也贏得國際地位。他並提出《大公報》張季鸞在一九二六年所提出「不黨不私不賣不盲」的「四不方針」，以佐證那時代言論之自由獨立。

　　接著他舉出《中央日報》副總編陸鏗，於一九四七年堅持揭露孔祥熙、宋子文的兩家公司，利用政治特權貪取私利，正是言論與新聞自由的最佳證明。他又說道，民國七君子主張抗日救國，以沈鈞儒為首的有識之士，不畏強權，不怕遭受逮捕而坐牢，依舊指出當政者的失誤，也足以證明民國時代的言論自由。此外，他認為民國時代的集會結社自由，也非其他年代可比。

　　還有一位民國時代的重要人物也值得一提，那就是陳立夫先生。陳氏一家與民國關係密切，更與蔣氏過往甚密。陳氏在抗戰時期曾擔任教育部長一職，不但主持極具時代意義的大學內遷工作，並實施教育貸金政策，幫助貧困學子完成學業，如獲得諾貝爾獎金的楊振寧與李政道，都是此一政策的受惠者。曾對國家如此盡心盡力之人，在大陸山河變色後毅然擔負起過失之責因而退出政壇，可見其心境之坦蕩。

　　離開政壇後的陳立夫，帶著家人來到美國以開農場養雞為生，生活十分清苦。說到這兒，沈寧語重心長地說道：「在民國做過官的人，讓他腐敗也不會。」此語可見得他對民國時代多數從政人員操守之肯定。

　　對於蔣公與宋美齡，沈寧的評價十分正面，他認為蔣公是仁人君子，自視甚高。沈寧並透露一事實：有關《中國之命運》一書，一般人以為是由沈寧外公陶希聖代筆，實際則是蔣公親自批閱改寫陶希聖代擬草稿的結果，可見蔣氏國學底子十分深厚。沈寧也提及，毛澤東之所以醜化《中國之命運》這本書，是因為陶希聖曾替汪精衛工作。

　　至於蔣夫人宋美齡女士，沈寧認為她是心境平和之人，故而長壽。提到蔣夫人，沈寧特別強調她在抗戰時期，親自前往美國國會演講，以尋求國際支持中國的獨立抗戰。蔣夫人演講結束後，獲得在場議員全體起立鼓掌長達四分鐘之久的肯定，近百年來世界元首夫人獲此殊榮者僅有蔣宋美齡女士一人。

　　此外，沈寧還舉出兩位較特殊的民國政治人物，分別是袁世凱與吳佩孚。他說袁世凱並未與日本簽訂喪權辱國的二十一條合約，考慮再三，只簽署山東和南滿兩個條約，並未喪失中國主

權，相關資料可在天津博物館中找到。這是我首次聽聞的訊息，所以很感興趣。

至於吳佩孚，我原只知他是北方軍閥中實力最強者，從南到北影響大半個中國。我並不知當時（一九二四年）世界各國已將他視為足以統一中國的人物，所以美國《時代》雜誌才將他選為第一位中國封面人物，這點也是我聽沈寧演講後才得知的資訊。

除民國時期的政治人物外，沈寧也列舉許多著名的學者，如蔡元培、胡適等。他認為中國現代文化成果，皆成於民國三〇年代，那時期學術氣氛自由，飽學之士在熟讀固有經學後，再專研西方之人文、物理科技等專科知識後，成就了許多大師級學者如林語堂、原子彈之父錢學森、諾貝爾獎得主楊振寧、李政道等。

沈寧也提及國畫大師張大千、齊白石與書法家于右任，在中國書畫藝術領域，都有著名崇高的地位，他們的成就也源自民國時期的自由開放。

在戲劇與說唱藝術的領域中，也有諸多成就非凡之士，如京劇界泰斗梅蘭芳、馬連良等，粵劇宗師紅線女，說唱藝術名人侯寶林等，都是時代所造就的風雲人物。

沈寧將民國時代文化的輝煌成就，歸功於時代所造就。譬如三〇年代的學者作家，幾乎是寫啥就能出版啥，故而從文學上來講，三〇年代成就無限。到民國三十八年以後，文化發展幾乎停止，留在大陸的不入流，台灣的二流變一流。

沈寧特別提到武俠小說，因三〇年代缺乏書寫此種文體的作家，因而突顯金庸等人的優秀。

在結束演講前，沈寧也略述陳獨秀、杜月笙與郁達夫等人的事蹟，軍事家蔣百里的精彩閱歷，及兩代悲歌的主角陳布雷與與

陳璉的故事，這些都是我不熟悉的人物，聽來特別有趣。

　　在演講進行時，沈寧播放了許多珍貴照片以佐證，使演講內容更為豐富生動。在結論中，沈寧對民國時代的自由與開放再次肯定，這是我非常欣賞的論點。對我來說，從這場演講中獲得許多新知識，開啟我另一層視野。

與賴明珠談村上春樹

　　二〇一四年春，閱讀村上春樹二〇一三年新作《沒有色彩的多崎作和他的巡禮之年》，書中簡單卻曲折的情節令人激賞，而翻譯者賴明珠流暢明達的行文手法與清麗優美的文句，更堪細細品味。

　　能以如此精確練達的文字表達出原著的神髓，譯者應當具備相當深厚的雙語功力，我感到好奇，更想請教學習。經文友石麗東大姐聯絡介紹，趁著返台探親之便，我與賴明珠相約見面。

　　親切隨和的明珠，言談懇切真誠，令我與她的會面沒有初次相見的陌生。

　　我問道：「農業經濟系畢業的妳，何以愛上翻譯寫作？」賴明珠略微沉思後說道：愛寫作可能源自家教，自幼常見父親研讀唐詩，推敲文字及練習書法，耳濡目染的結果也喜愛寫作。再加上大學時代曾旁聽中文系孟瑤所教授的「新文藝」課程，曾聽孟瑤說過，日本的翻譯文學很發達，因此她在學校已選修第二外國語文──德文後，又自費在台北補習日文，先後在五家補習班學習日文，並到日本深造。沒想到原以為日後會走上教學之路，卻因為大學畢業後從事廣告企劃工作，而與寫作結緣。

　　明珠的這番敘述，說明她今日在翻譯文學上的成就，既源於家學，也得自個人的努力。

　　在《聽風的歌》一書的譯後記中，明珠曾寫道：

　　　　村上春樹對村上龍說過：「我想用的字和不想用的字
　　明白區別，不想用的字絕對不用。」
　　　　他一直在試著用不一樣的語言，寫不一樣的作品。
　　　　正因為村上春樹在用字上的精挑細選，因此在中文版
　　翻譯時，我也會在用字上特別揣摩和用心過濾。

　　得知明珠與寫作結緣的歷程後，自然明瞭她在翻譯村上春
樹文章時，對遣詞用字特別用心，是因為她具備紮實的中日文根
基，有能力配合原作者在用字上的精挑細選。

　　當我問道：「何以會選擇翻譯村上春樹的作品？」明珠面露
笑容地說道，她喜歡村上春樹的行文特色——以簡單文字描述難
以表達的理念。

　　她又說：村上春樹的文章風格創新，他喜用獨創語言造就出
平易有特色的篇章，用以打破傳統的行文手法，以看似無拘無束
的文字，誠懇又真實地表達出內心的話語。

　　村上春樹也喜歡天真、自然與童稚般的樸拙，這點除表現在
他的作品中，更可從他書中的插圖畫家——安西水丸的畫作裡
看出。

　　順著這個話題，賴明珠娓娓道出她觀察到的村上春樹作品的
特色，如他擅長將視覺與聲效表達於簡短的文字中，而產生出豐
富的意象。又常將攝影與文字結合，圖文並茂的效果更容易引起
讀者的共鳴。此外，村上春樹熱愛音樂，許多詞曲經由他文字的
描述而更鮮活明快，引發眾多閱讀者的迴響。明珠說到這兒，和
我分享了一段往事——她記得在翻譯村上春樹的作品後，收到的
第一位讀者迴響正是一位愛好音樂的大學生，他在閱讀《遇見一

○○％女孩》一書後，因喜愛其中的音樂，而詢問明珠何時再出版村上春樹的書籍。

　　村上春樹作品的多元化內容，獲得不同階層讀者的喜愛，翻譯者自然功不可沒，而要忠實掌握作者的精神，明珠的認真用心可想而知。訪談中她說，在沒有網路可查尋原始資料的時代，她甚至親自寫信向村上春樹請教問題。而說到早年為趕翻譯稿，每日密集寫作十多小時的結果，操勞過度而患上肌腱炎，如此認真的態度是讀者想像不到的。

　　我好奇問她：「何時開始翻譯村上春樹的書籍？」她告訴我：對村上春樹作品的認識是在離開日本回台灣後，一九八五年向《新書月刊》雜誌介紹村上春樹和他的三篇短篇作品。《聽風

▲作者與賴明珠合影

的歌》雖是她翻譯的第一本書，而第一本問世的書卻是一九八六年由時報出版社出版的《失落的彈珠玩具》，隨後出版的是較短的《遇見一〇〇%女孩》，約一年半後《聽風的歌》才出版。當明珠告訴我，那段時間她辭去廣告公司的工作，在美國奧克拉荷馬州土爾沙（Tulsa）市和紐約專心翻譯，我內心有些激動──原來她翻譯這幾本對台灣文壇影響至深書籍時所居住的土爾沙市，距我家只有數小時車程。

《沒有色彩的多崎作和他的巡禮之年》一書，除故事的曲折情節深深吸引讀者外，隨處可見恰如其分的譬喻，既使文章讀來活潑生動、充滿目不暇給的新鮮感，又滿溢著耐人尋味的人生哲理。

說著說著，我翻出書本和明珠分享我最喜愛的章節，明珠也極為專心地聽我絮叨，如此近距離地和譯者討論閱讀心得，真是一次難得又難忘的經歷。

訪談接近尾聲時，我請教明珠：「妳覺得村上春樹作品對讀者有哪些影響？」賴明珠認為，村上春樹是位傑出作家，更是一位極具世界觀的偉大作家，他以層出不窮的創新手法，將世界名著、經典名片、古典音樂介紹給讀者，並使經典文藝普及於大眾。此外，在他許多作品中，不僅顯示著他極重品味的生活格調，也反映出他熱愛生命的生活方式，將熱愛的運動如游泳、跑馬拉松融入於文章中，讓喜愛他作品的讀者，在閱讀中受到潛移默化。而村上春樹的小說，更普遍認為對讀者具有精神上的撫慰作用和鼓舞力量。

這使我想起在閱讀《沒有色彩的多崎作和他的巡禮之年》時，曾為書中主人公憂鬱、深沉的個性而傷神。但當明珠說到：

「村上春樹藉此書提醒世人要以寬容之心看世界，學習包容，找到屬於自己的顏色，多了解自己與別人。」我的心情隨之開朗。

　　賴明珠自開始翻譯村上春樹的作品至今，已創造出屬於自己的翻譯風格，站在這傲人的成績前，她始終是謙虛隨和的。倚著層層書架，這一位將村上春樹引介入台灣出版界的重要推手，個兒嬌小，卻散發著無比的文采魅力。

探究王國維死亡之謎

　　二〇一五年十一月一日是個冷雨連綿的週日，也是冬令時間開始的第一日，原以為這兩個原因會使人懶在家中不想外出，沒想到下午北德州文友社在希梅芬尼圖書館（Schimelpfenig Library）舉辦的演講會，居然聽眾十分踴躍，這都是由於講題的吸引力，聽眾都想知道主講者楊德進先生如何講述「國學大師王國維之死」！

　　主講者先介紹王國維之生平與時代背景，由於多數人對王國維其人其事並不十分熟悉，故楊德進先生在這部分的介紹十分詳盡，內容幾乎包括清末民初所有國學大儒與王國維的關係，如此不但顯見王國維之博學，也可見得楊德進先生對此講題所蒐羅資料的齊全。

　　接著，介紹民國初年大儒們對王國維之評論，其中以胡適、梁啟超與陳寅恪的評論最引人注意。在總評中的結論語為：「王國維被譽為中國近三百年來學術的結束人，最近八十年來學術的開創者。」是為國學大師王國維之成就做了最貼切的詮釋。

　　如此受景仰的一代鴻儒，為何會以自盡來結束生命？這是整個演講的重點。

　　主講者列出王國維自盡後人們推測的四大原因，分別為「殉清說」、「逼債說」、「驚懼說」與「殉文化說」。其中以「殉清說」最早被世人廣為接受，主要是因為王國維自盡後，從他身上搜出一封遺書，開始的十六字「五十之年，只欠一死，經此世變，義無再辱」似乎在透露他自盡的主因。自清亡後，許多久居

北京者仍對清朝懷念不已，而王國維曾任溥儀南書房行走一職，
對大清自然情感更深厚，他至死不願剪掉的長辮子也可見他的此
番心境。

　　但楊德進先生則認為，後來流傳的「驚懼說」較為可能，他
舉出此驚懼說內容大致如下：

> 一九二七年春，北伐軍進逼北方，馮玉祥、閻錫山易幟，
> 京師震動，趙萬里記：「去秋以來，世變日亟，先生時時
> 以津園為念。新正赴津園覲見，見園中夷然如常，亦無以
> 安危為念者。先生睹狀至憤，致患咯血之症。四月中，豫
> 魯間兵事方亟，京中一夕數驚，先生以禍難將至，或更有
> 甚於甲午之變者，乃益危懼。」以及葉德輝被殺事件再加
> 上傳言北伐軍進京，專殺留辮子者，某報紙且將擬被殺者
> 姓名刊出，王國維之名赫然在上。更且時局不寧，山西籍
> 學生衛聚賢，請先生去山西避難。

　　演說結束前，主講人對王國維的自盡做出更具體的結論，
他認為：一代鴻儒選擇以沉湖來結束生命，這固然與他憂鬱的個
性有關；其次，若說清朝的滅亡是促使他自我結束生命的遠因，
那「豫魯間兵事方亟，京中一夕數驚」、「葉德輝被殺事件」、
「傳言北伐軍進京，專殺留辮子者」，時局的動盪不安則為近
因，更極度驚擾他存活的意念。

　　對主講人如此的結論，我個人也深表同意，因若是單純地
「殉清」應當是追隨清朝而亡，為何選在清朝滅亡後的十數年才
行自盡之舉？

　　這場演講除內容充實、主講者有創見外，現場還出現一位貴賓——他就是國學大師王國維的孫子王慶頤先生，如此特殊貴賓的到來，更為這場演講增添無數的說服力。

�作者與王國維之孫（右一）合影

從三毛的遊記中追憶三毛

　　二〇一〇年三月初，我準備到中南美旅遊前，朋友提起，有關中南美洲的旅遊文章，以三毛的《千山萬水走遍》最為精彩。

　　三毛的二十幾本著作中，我只讀過兩本《撒哈拉的故事》與《哭泣的駱駝》，都是沙漠中的故事。至於她的其他作品與遊記我並不熟悉，朋友的話令我心中產生一個疑問：如今資訊發達，旅遊便捷，外出旅遊前，只要上網去查，各種有關資料應有盡有。在網路文化空前發達的現代，以部落格為舞台的作家與寫作能手更是不計其數。愛旅遊又愛寫作的人，總喜歡將自己的旅遊心得與照片，貼在部落格上與眾人分享，如今文情並茂的旅遊佳作在網路上比比皆是，為何讀者仍念念不忘三毛？

　　去中南美旅遊前，我開始閱讀《千山萬水走遍》。原來這本書是民國七十年，由《聯合報》贊助三毛做為期半年的中南美旅遊後，她所完成的作品。這一年，她結束海外十四年流浪生活返台定居。

　　這次我去中南美，只計畫遊歷四國——哥斯達黎加、祕魯、巴拉圭與巴西，因此我最先閱讀〈哥斯達黎加紀行——中美洲的花園〉。

　　這篇文章的起頭很特殊，三毛將自己與助理米夏，比喻為西班牙大文豪塞萬提斯筆下的唐‧吉訶德和他的跟隨者桑卻，本以為自己扮演唐‧吉訶德的三毛，在一個半月旅程過後，發現她原來是「反主為僕」，處理旅遊中的大小瑣事。表面原因是米夏不

諳西班牙語，但由此我見到三毛獨立與隨和的個性，這應是旅人浪漫情懷中必備卻又容易被忽略的情愫吧！

哥斯達黎加雖然美麗，但三毛卻沒計畫深入旅遊，當作是休息站，只遊歷一座火山與首都聖荷西附近的兩個小城，但已能感受到這個國家的幸福與安和。

離開哥斯達黎加前，三毛有計畫地拜訪好友的妹妹陳碧瑤夫婦。由於碧瑤的先生經營農場，三毛在拜訪前就猜測這位學農的徐先生，應當與她本性十分相近。讀到這兒，我有些訝異，一位熱愛流浪的旅人，也有對土地的眷念嗎？

三毛以「談吐迷人，修辭深刻切合，一個個有理想、有抱負，對自己的那塊土地充滿著熱愛和希望」這段話來形容她當晚所見到來自台灣的農夫們。而接下來這兩段話，讓我見到一位與沙漠中不同的三毛。

　　如果不是為了社交禮貌，可能一個晚上的時間都會在追問農場經營的話題上打轉。畢竟對人生的追求，在歷盡了滄桑之後，還有一份拿不去的情感──那份對於土地的狂愛。我夢中的相思農場啊！

　　誰喜歡做一個永遠飄泊的旅人呢？如果手裡有一天捏著屬於自己的泥土，看見青禾在晴空下微風裡緩緩生長，算計著一年的收穫，那份踏實的心情，對我，便是餘生最好的答案了。

反覆咀嚼這兩段話，我似乎看到一位動極思靜的旅者，在尋覓安定的未來。我第一次見到三毛這種心意，也許是痛失夫婿後

的傷感，沉澱出這份潛藏她心底，對土地的相思與狂愛吧！

讀完〈哥斯達黎加紀行〉後，我決定將書中有關祕魯這部分的敘述暫且放下，等遊歷回來後再讀。

在祕魯除首都利馬的短暫停留外，我們在古城庫斯喀（Cusco）住了兩晚，在馬丘比丘住了一晚，懷著這份熟悉，我再度閱讀《千山萬水走遍》。這兩處古蹟在三毛筆下都有詳細著墨，只是她的表達方式較特殊，不僅止於歷史人文與景觀的描繪，更鮮明展現她的詼諧灑脫，與熱情博愛的本性。

三毛的〈祕魯紀行〉，以〈雨原四部曲〉為主體，敘述內容包括索諾奇、夜戲、迷城與逃水四段。分別講述她在古城庫斯喀與馬丘比丘旅途中的故事，我尤其喜歡索諾奇與夜戲，這兩篇都是寫發生在古城庫斯喀的故事。

索諾奇是高山症的印地安契川（Quichua，又稱Kichwa）話。在海拔三千五百公尺的古城，三毛得了高山症。偏偏遇上滯留旅客的雨季，等待火車通車後才能登上馬丘比丘的旅客們，將庫斯喀古城幾乎塞滿，得病的三毛只能隨便住進廉價旅店。在骯髒污濁的鋪位上昏睡一陣後，強拖著病體再去找住處，終於在「武器廣場」附近找到一家四星級豪華飯店。一夜好眠後三毛病體痊癒，開始遊覽的第一處景點就是著名的「武器廣場」。

坐在歷史古蹟的長椅上懷古，一陣稀稀落落的雨，將三毛帶入另一段際遇。她發現一位樸素的女孩，正痛苦地與高山症對抗，孤單一人尚無住處，三毛除照顧她外並主動表示要與她分租房間。

一段段真情流露的對話，將三毛的仁俠精神與廣博愛心展露無遺，許多悽愴的際遇也在她動人敘述中流露出勃勃生氣。這位名叫安妮的女孩，顯然背負著深重的傷痛，觀察入微的三

毛，察覺安妮的悲傷後，不打擾她的痛哭，也不驚擾她渴望獨處的寧靜。

　　三毛說：「單獨旅行的人，除了遊山玩水之外，可能最需要的尚是一份安靜。」這段話引發我好一陣沉思，我想她的「浪跡天涯」，不同於時下一般人的「旅遊」，她是用心靈與天地對話，以率真的天性徜徉山水間，所以她懂得享受獨處時的那份安靜。

　　〈夜戲〉中的第一處場景仍在「武器廣場」，天氣則是由晴到雨，三毛的視線被一位屢遭拒絕的推銷者所吸引，這位不斷被拒絕卻不氣餒的中年印地安人，引來三毛的關切。原來他在推銷民族音樂舞蹈演出的入場券。當三毛發現她是這位推銷者最後的希望時，她應允了他，儘管口袋裡的現金不足，她仍答應買三張票。

　　當晚演出前天氣陰冷，三毛餓著肚子趕赴表演場，理由是她不能失信於人，答應要補給的票款一定要送到，看表演反倒成為次要理由。三毛柔軟的心中永遠裝著滿滿的愛，這種愛洋溢於字裡行間，深深感動著讀者。

　　十七位演出者面對兩位觀眾與兩百多張空位，這真是一場特殊的演出。表演者雖比觀眾多，但他們的演出卻是出乎意料地緊湊和精彩。三毛寫道：「他們是驕傲的，他們不是丐者，這些藝人除了金錢之外，要的是真心誠意的共鳴。那麼還等什麼呢？盡可能的將這份心，化做喝采，丟上去給他們吧！」我十分欣賞三毛的這份心意，難怪與她接觸過的人都愛她，因為她最懂得「適時又適當」地對需要的人傳達愛意。

　　火車通行了，三毛終於走進在她心中夢想過千萬遍的神祕高原——馬丘比丘。〈迷城〉這篇文章應該是三毛遊歷中南美洲最重要的紀錄之一，當她踏入這座失落的城市後，她做了以下的敘述：

　　　　長長的旅程沒有特別企盼看任何新奇的東西，只有祕
魯的瑪丘畢丘與南面沙漠中納斯加人留下的巨大鳥形和動
物的圖案，還是我比較希望一見的。

　　　　馬丘畢丘來了，旅程的高潮已到，這些地方，在幾天
內，也是如飛而逝。

　　　　沒有一樣東西是永遠能夠掌握在自己手中的，那麼便
讓它們隨風而去吧！

　　　　我坐在一塊大石上，盤上了雙腳。

　　我原以為流浪者如三毛，她只是旅途中的過客，浪跡天涯的
行者，所有她走過的地方仍靜止在原地，她則繼續漂泊。在此我
再度見到她的灑脫，儘管是一處比較希望見到的景點，在見到後
也能瀟灑地讓它「如飛而逝」、「隨風而去」！這份灑脫使她能
比別人走得更遠，看得更多更深。

　　〈逃水〉中的三毛最富正義感，自馬丘比丘回庫斯喀的火
車，遇到山洪暴發，火車無法通行，只有等汽車來接運受困的旅
客。無奈一輛輛趕到的汽車，只為特定旅客服務，因而激起三毛
的憤怒。她為不相識的其他旅客爭取座位，不惜叫罵，拉扯甚至
扭打。那時的她，將溫柔的善心化作堅毅的執著與不可欺的俠
氣，這份俠氣在文字間散發光熱，贏得讀者的尊敬與共鳴。

　　閱讀完這些篇章後，我心中的疑問迎刃而解，三毛的遊記，
不僅只是山光水色的描繪與歷史文化的追憶，更有無數旅途中的
幽遠與悵惘、浪漫與孤寂。她與讀者分享她的個性、情緒及喜
怒，澈底地分享沒有藏私，這份真實與澈底，實實在在地感動了
讀者，即使在她去世後，也總令人懷念。

▶馬丘比丘全景

施叔青的〈台灣玉〉和
《行過洛津》

　　二〇〇八年獲得國家文藝獎的施叔青，也是第一位獲此殊榮的女性作家。自少女時代以〈壁虎〉一文登上《現代文學》雜誌後，數十年來一直熱愛創作。正如她在得獎感言中所述：「雖然興趣廣泛，涉獵也相當龐雜，唯獨對文學創作我是用情至深，一直把寫作當成生命中最主要的志業。」因著這份天賦才情、努力不懈與用情至深，終於成就了她今日文壇巨匠的地位。喜愛她作品的讀者遍布世界各地，將她作品視為論文來研究者也大有人在。〈台灣玉〉、《行過洛津》是我最熟悉的。

　　宋朝蘇軾曾說：「味摩詰之詩，詩中有畫。觀摩詰之畫，畫中有詩。」蘇軾此言將王維詩文深刻地形象化，替品味王維詩作的讀者鋪陳出一片生動意境。我則覺得，研讀施叔青的小說，彷彿在欣賞一幅繪製嚴謹的工筆畫，看她一筆筆勾勒出的人物形象，再賦予有特色的性格，置於引人入勝的動人情節中，搭配著動靜有序的場景，一幕幕地呈現於讀者眼前，真是生動極了。

　　每次讀完施叔青的文章，我總愛掩卷沉思一番，讓書中的人物、情節從我腦海中慢慢浮現。經由她豐富想像力從虛空中召喚出的人物，總是鮮活的，在充滿興味又曲折的故事情節中穿梭，藉此我享受著超越時空的樂趣。例如《行過洛津》書中〈轉眼繁華等水泡〉這篇章，對經歷兩次強震後洛津街頭的殘破景象，作者有著蕭條中憶繁華、淒涼中念榮景的對應描述。藉著二十幾年

後舊地重遊的許情親眼所見，描繪出災後的破敗：「一長排街屋，當中突然出現一個個凹洞，此起彼落，像極了一排牙齒，間中被拔起幾顆，露出一個個黑窟窿，令人異樣的心驚。」繼續在街上行走的許情「踏著殘破前赤紅美麗的方形紅磚，許情佇立已然透天的大廳，想像被震垮之前，彩繪粉牆、樑坊木刻會是何等的喧嘩華麗」。從許情回憶的鏡頭中，終於出現了以下的景觀：

> 洛津靠兩岸貿易起家，嘉慶中業以後，市面空前繁榮，舟車輻輳，百貨充盈，居民為了炫燿，大事重修廟宇，廣造民宅，……藝匠連廟宇屋脊飛簷都不肯放過，用五顏六色的瓷片剪黏成飛龍走獸，花花綠綠裝飾了一大堆，如此繁紋縟飾，減去了廟宇的莊嚴肅穆氣氛，卻多了一股本地特有的色彩風味。

作者以揭示巨幅畫作之氣勢，徐徐地開展畫軸，由許情帶領讀者進入盛極而衰的洛津，憑藉她練達純熟的行文技巧，洛津街道上的人物鮮活了，景致生動了，彷彿會從書中跳出，又像是將從畫軸中走出一般生動。如此有特色的創作手法，在她許多篇章中都可見到，總令我反覆品味，感動不已。

又如〈台灣玉〉中那段對陽明山谷雨後杜鵑花的描繪，曾讓我陷入陣陣思考：

> 昨天黃昏那場遲來的春雨，把滿山遍野開得極盛的杜鵑花，打成七零八落。紅、紫、粉、白不同顏色的花，扭結盤纏一堆堆，一簇簇，塌在綠枝葉叢中，從陽台往下看，

　　像是個一團團五顏六色的衛生紙，浸濕了水，被沿路丟了
　　一山谷。

　　看到這兒我停頓片刻。春季以盛開杜鵑聞名遐邇的陽明山
谷，在我印象中總是鮮明亮麗的，而施叔青卻選擇讓這些花朵以
雨後七零八落的景象登場，不知這個小環節中是否有著作者的特
殊用心？但我確實是因為喜歡這種別具風格的描述方式，而追隨
作者的筆觸登上陽明山，細細品賞那位將退休的外交官與年輕嬌
妻間的故事。
　　除對景色建築的描繪歷歷如畫外，施叔青小說中對實物的介
紹也有著極度傳神的敘述，如《行過洛津》中對那張「紅眠床」
的描述，真是細膩如繪畫：

　　　選用上乘楠木，足足花了一年時間精雕細琢完成的，八角
　　　紅眠床分內外兩層，圍屏精雕百子圖，人物姿態神情各
　　　異，眉眼畢現，床前特地設計了一條短廊，放置腳踏，兩
　　　邊以雕刻花草禽鳥、亭台樓閣的壁堵圍起來，短廊的寬度
　　　足足可以擺上一張桌几。

　　如此精雕細琢的紅眠床，佔據了主人翁許晴一生的記憶。
　　我愛看施叔青的小說，特別欣賞她刻畫人物造形的細膩生
動手法，將劇中人清晰的外貌與獨特的個性描繪得入木三分，一
個個有血有肉的大活人躍然於字裡行間，看得我十分入迷。如她
在〈台灣玉〉中描寫女主角李梅時寫道：「李梅的五官生得十分
嬌小，分開來看，並不特別出色。然而，把她那東方女性特有的

嫵媚眼，放在頗具現代感的寬闊臉龐上，卻另有一番味道。」如此描述下的人物造型顯得十分有特色與個性。此文中對多事的俞夫人，及初入社交圈吳小姐的描述也都十分貼切生動。至於最後留下一張空頭支票，騙走李梅白玉樣品的華僑商人亞倫，他初次與李梅見面時，在室內仍戴著一副海藻色的墨鏡，文中寫道：「大白天在室內也戴著墨鏡，令人感到異樣，極想知道鏡片裡隱藏了什麼。」我覺得此處是作者設下的一個伏筆，與日後的騙局相呼應。

在《行過洛津》第一卷〈一開始，他看上的是玉芙蓉〉，文中對玉芙蓉有段極生動的描述：

> 一個飄雨的黃昏，烏秋不約而至，闖到戲棚後台找他捧的戲子，玉芙蓉剛吃完點心，趴開兩隻枯瘦長滿黑毛的腿，腳旁擺了缺角的土碗，坐在竹凳子上，雙手捧著一粒堅硬的番石榴，齜牙咧嘴的啃著，半開的領口露出一大截沒有上白粉、黃瘦的脖頸，隨著嘴巴嚼動，氣管賁張，像隻醜陋的長頸鴨，垂掛的耳環來回晃撞。烏秋掀起簾子的手凝止，站住腳，往前邁步的欲望完全消失了。

就是以上這段生動的描繪，將烏秋從此不再去為玉芙蓉捧場的理由，描述得淋漓盡致。又如《行過洛津》書中〈誰知一逕深如許〉篇內介紹粘繡的父親粘笙旱奇特的長相：「皮包骨的瘦臉眨巴一雙老靈的眼睛，一邊一個似蒲扇一樣大的招風耳，人極矮小，卻有一雙不成比例奇大無比的手。」如此簡明的敘述，一個長相特殊的人物就被塑造完成。其中這雙老靈的眼睛及奇大無

比的手，在女兒粘繡自殺身亡後，粘笑景悲傷失態終至瘋狂的描述中，都有著十分幻化的描繪，作者變化多端又極富想像力的行文手法令我印象深刻。《行過洛津》書中還有許多極富特色的人物造型，我都十分喜愛，如買舊戲服的平埔族女子潘吉，不修邊幅，面容表情怪異，但卻能言善道的施輝，以及令許情魂牽夢縈的妙音阿婠，談笑顧盼間的細膩寫真情態，也都蘊含著作者才氣萬千的縱橫筆力。

　　施叔青十分好學，她的作品中常可見到她認真學習所得的知識、博覽群籍收集而來的資訊，更有著她親自踏訪所尋來的珍貴見聞。因此，閱讀施叔青的文集，總有一種挖到寶藏的喜悅，不僅見識到她練達精湛的文字表達能力，與塑造小說人物的嫻熟技巧，及創新求變的故事情節安排，更可欣賞到她在許多篇章中獨

▲名家施叔青在達拉斯演講

具風格的藝術涵養，舉凡與書畫藝術、戲劇舞蹈、古玩鑑賞或民俗風物甚至服飾審美、美酒佳餚有關的知識，她都能恰如其分地鋪陳於小說情節中。由此可見，才華橫溢的她，在文學創作領域獲得傲人成就的後面，深藏著令人尊敬的認真學習態度以及與時俱進的寬廣視野。

在〈台灣玉〉一文中女主角李梅，迫於應付由奢無法入儉的龐大生活支出，決定瞞著丈夫經營貿易，文中對這位商場新手的心理描述十分生動，對當年台灣商場的特殊形態與商業用語，以及國際貿易常識也都恰如其分地穿插於故事情節中，可見作者下筆前，認真查找過相關資訊。《行過洛津》一書更是豐富得有如百科全書，除清末台灣的風土人文史料、洛津郊商的來龍去脈外，並包含當時台閩兩地各行各業的相關實況、城鄉間風俗民情，厚重莊嚴如廟宇之修建，怡情雅興如戲曲之演唱、音律之傳唱等，在在都顯示作者認真搜尋所需資料，博覽群籍的謹慎行文態度。

「郊」於台灣清治時期而言，指的是台灣各地的商業公會組織。「郊」咸信是中國漳泉兩地語言中，「交」字的轉音，意指交易。另外，隸屬該公會組織的商家行號，則稱為郊商。

此書中還有盆栽與染坊製作過程、草藥店研磨香珠的材料，甚至除雀斑潤膚色的處方、美白肌膚的祕方、堪輿風水之術、繪畫師傅畫「追容畫像」時的口訣等等，都讓我看得愛不釋手。《行過洛津》一書中更有造王船、送瘟神驅邪的民俗信仰細節。作者並詳細描繪台灣紅樹林中特色植物如欖李、五梨跤、海茄冬之花葉形狀，就連棲息於濕地的候鳥、野鴨日夜活動情狀，在書中也都有詳盡敘述，我讀後真是受益良多。又在書中見到鳳梨布

的製作：「鳳梨纖維織成的鳳梨布，布料通風不黏帛，冰涼乾爽，重量又輕，適合夏天穿用」，覺得很有意思。再讀到冥然禪師叮嚀伐木工人當注重水土保持、勿暴殄天物的警語，我更感佩作者的慧心巧思。

〈台灣玉〉、《行過洛津》都是施叔青以台灣本土為背景的作品，所以我讀來格外親切。

韓秀如何「以文學之筆」書寫藝術史

　　二〇一六年初秋，我與韓秀姐在舉辦海外華文女作家第十四屆雙年會議的遊輪上再度相聚，距離一九九三年我在高雄首次聆聽她的演說已有二十餘年。自那場精彩的演講後，我對這位天生的演說家印象深刻，更時時關注她在寫作上的成就。她的認真與好學使她在文學創作的領域大放異彩，更難得的是她從不藏私，總與讀者及文友分享她的研究心得。

　　去年海外華文女作協雙年會的座談會時段，韓秀姐應副會長朱立立之邀，以〈現代小說的史詩基因〉為題發表演講，如此有特色之講題是少見的，若非對古希臘經典史詩與現代小說之寫作技巧有深入研究的專家，是無法分析探究此類深度講題。我聽完演講後甚為欣喜，大有「聽君一席話勝讀十年書」的感動，希望北德州愛好文藝習作的朋友，也有機會能聆聽這類高水準演講。於是向韓秀姐提出邀請，很高興獲得她的首肯，相約在她寫完《米開朗基羅》後蒞臨達拉斯，並定下一個亮麗又令人期盼的精彩講題：〈在銀河系探訪格外明亮的星辰──扣問偉大藝術家林布蘭特、塞尚、米開朗基羅的心靈，與之對話，付諸書寫〉，以文學之筆如何來書寫藝術史上的這三座孤峰，是令讀者十分好奇的問題，有機會聆聽作者分享這段寫作心得是何其幸運！

　　十一月四日上午十點前，已有十餘位文友等在哈靈頓圖書館（Harrington Library）門外等候，準備聆聽精彩演講。韓秀姐

在開始演講時就說道,已有許多人為這三位藝術家著書立傳,她今天講述的內容,特別著重於她找尋寫作資料與考證疑問時的研究心得。以這些年我對韓秀姐的認識,她有許多值得我學習的優點,其中我最佩服她嚴謹的治學態度,由此而完成的創作自然受到讀者與出版商的肯定。在出版屠格涅夫、約翰・史特勞斯、托爾斯泰、拿破崙這四本名人傳記後,她在文壇的聲望更是高漲,隨之而來的獲獎肯定,是對韓秀姐的鼓勵也是對讀者選讀佳作時的保證。

我在閱讀《林布蘭特》時,對兩件作品的印象最深,分別是《夜巡》與《浴女》。在演講時,韓秀姐也提及她書寫這兩幅作品時的心情:《夜巡》這幅巨大的群像圖,沒有任何跡象表示是民防隊的夜晚出巡,卻因為長時間懸掛在「射手俱樂部」的議事大堂,經年累月受到堂內巨大取暖鐵爐的煙燻火燎,而使作品背景顏色愈來愈黑——韓秀姐說到這兒時語調中充滿惋惜;幸好在二十一世紀,經過內行人的清洗,拂去煙塵露出美妙的光影,也使得林布蘭特作品表現光線的特色重現——說到這兒,韓秀姐的歡喜語調令觀眾也替名作欣喜;但當提及原作被裁小及灑上金色的意外時,聽眾們都隨著她的娓娓詳述而搖頭感嘆。我則認為,幸有如韓秀姐這位心思細密的作者,以文學之筆為藝術作品記錄真實原貌,才得以還原創作者與原作品一個公道。

另一個誤解是發生在《浴女》身上。在書中寫明這是林布蘭特一六五四年的作品,這年林布蘭特的摯愛韓德麗琪剛生下美麗的女兒,因此畫作中的女主角面露微笑,微揚的嘴角與開朗的眉宇間滿溢幸福,作者以生動細膩的描繪為名作增添光彩——但演講台上的韓秀姐,卻以嚴肅口吻敘述她書寫至此時所面對的分歧

資訊，某些人對《浴女》充滿誤會，認為畫中的韓德麗琪尚未生產，韓秀姐以充滿信心的語氣說明她反對此說的原因。當然，我非常同意她的說法，名家的作品不但反映創作者的思想、信念與價值觀，更藉著細微末節傳達事實。韓秀姐以敏銳的觀察力，洞察到藝術家的細膩手法——平坦的小腹與纖細的小腿足以說明畫中人已非孕婦，身後的華服更是對美麗女嬰母親的感激，韓秀姐呈現在書中的明確觀點，正是她以文學之筆為藝術作品驗明正身的傑作。

說到《塞尚》，封面上的蘋果是他最愛的寫生靜物，我認為藝術家為眼前景物寫生時的最大困擾，是如何恰當捕捉寧靜的瞬間之美，期使靜物的姿態更靈動、色彩也更鮮活。閱讀《塞尚》時我發現一個有趣的事實，封面上並不誘人的蘋果，在我讀完書中的描繪後變得秀色可餐，我想是因為韓秀姐將她個人對塞尚的喜愛完全融入文中，透過她的描繪使蘋果的色香味更真實，文人筆下的名畫因此也更富生趣。其實韓秀姐對塞尚的喜愛，不僅止於表現在欣賞藝術家的畫作上，她更為塞尚的個性與遭遇辯解，並為他所受到委屈發出不平之鳴。

最後，談到十月二十三日才送進印刷廠的《米開朗基羅》，這本新書雖無緣在演講會場與讀者見面，但在韓秀姐向大家說明她寫作的心路歷程後就已深獲肯定。我腦海中出現一位孜孜不倦廣覽群集、四處奔走找尋正確資訊的學者，本著謹慎下筆的一貫態度所完成的傑作，肯定是本值得細細品味的好書。

米開朗基羅這位文藝復興時期的通才，集雕塑家、建築師、畫家與詩人美譽於一身，也許因為我較少涉獵雕塑作品，故而特別渴望欣賞韓秀姐對雕塑作品的描繪，期待能盡早拜讀此書。

　　我認為真正的文學之筆蘊含了書寫者個人的學養品德，承載著傳揚世間真善美的重責大任，拜讀韓秀姐的好書後再聽她說明寫作初心，我確信她正是以如此氣度來書寫藝術史。

　　下午的座談會氣氛非常輕鬆，韓秀姐主動要求將座椅排成圓弧狀以拉近與講桌間的距離。雖然這個單元的題目定為〈寫個不停的人生之旅〉，但隨和的主講人韓秀姐，認真回答了提問者的各類問題。我對她的閱讀精神最是欽佩，佩服她持之以恆地讀好書、寫好書，每日將近兩百頁的閱讀量是驚人的，當然閱讀後吸取的知識肯定是受用無盡的，因此向她請問選書與閱讀的心得。她說每年的台北書展是她發現好書的重要場地，她在書海中尋尋覓覓，不以名家或排行榜為擇書標準，快速閱讀書中章節、文句甚至標點符號，找出四百多本她認為可再細讀的書買回家閱讀，再從這眾多書籍中選出十二本為《漢新月刊》寫書評，最後能放在她收藏書架上的也只有三、四十本。聽到此處，我終於了解韓秀姐為今日成就所付出的努力。

　　她同時也透露一則令人雀躍的消息：在紙版書市場逐漸式微的今日，台灣仍有七千多家出版商，這足以說明台灣還有廣大的紙本書閱讀者。在眾人感嘆如今世風日下之聲中，聽到這愉快的「讀書聲」令我興奮不已，多麼希望這讀書風氣能綿延遠播。

　　除讀書經驗的分享外，我從韓秀姐回答她個人特殊經歷的內容中，發現她可貴的正直與熱情本性。一位歷經磨難而不氣餒的勇者，她有著與生俱來的純良毅力，熱心助人。擁有如此心性的作者，透過她千錘百鍊的萬鈞之筆，寫出心中善念，傳揚於世的絕對是一份值得歌頌的正能量。

　　在抵達達拉斯前，韓秀姐曾表示希望有機會去金貝爾藝術

博物館（Kimbell Art Museum）參觀。我與理事們商量，最後決定請前會長王國元與淑芳和我共同陪伴韓秀姐參觀沃斯堡現代藝術博物館（Modern Art Museum of FortWorth）及金貝爾藝術博物館。王國元目前是本社理事，更是本地頗富盛名的專業建築師，淑芳除熱愛油畫外藝術造詣深厚，由這兩位擔任博物館導覽，十一月五日韓秀姐搭機回家前的參觀活動自然是愉快又豐富的。

　　特別值得一提的是，到達金貝爾藝術博物館後，韓秀姐直奔禮品部選書——原來她行前已搜尋這博物館中有她想看的書，她早已開始找尋下一本書的寫作資料，我終於見識到她專注又迅速的選書本領。能在短時間內選出最需要的書，足見她事前周到的準備工作。一位有責任心的作家的作品所包含之辛勞，又豈止是書本上所見的文字而已！

　　這趟博物館之行，韓秀姐非常高興在金貝爾藝術博物館看到卡拉瓦喬的作品，我也見識到韓秀姐追根究底尋找正確答案的好學態度。為了那幅館中展出的「米開朗基羅十二、三歲時的作品」，她非常認真地在飛機上展開閱讀，回家後給我寫信的重點也圍繞在她查證的結果，她的結論有憑有據，廣博地搜尋資料與閱覽群書是她分析問題的堅實後盾。

　　短短三天的相處，我更加欣賞韓秀姐的治學與寫作態度，她這枝千錘百鍊承載萬鈞之力的「文人之筆」，有深厚學養為基石，又何愁寫不盡藝術史的真確與宏偉呢！

▌韓秀女士在達拉斯演講

輯五

憶故人

小嬸秋吟

　　南台灣的七月天真是酷熱難當，毛妹與姐姐巧玲在搖頭奶奶的雜貨店前打瞌睡。巧玲靠在門柱旁，毛妹坐在小木凳上將頭枕在姐姐的腿上，滿身滿臉的痱子使她睡得並不安穩，小胖手不停地抓癢癢，惹得姐姐也不得好睡，忙著替她擦汗抓癢。這對小姐妹的媽已離開她們多年了，全靠街坊們熱心，替她們的父親照看這對苦命姐妹花。

　　搖頭奶奶今天特別開心，叫醒巧玲說：「別睡了，新娘子快到啦！」巧玲揉著睡眼看著毛妹，本不想起身，但想到新娘子，心頭不免一震，有喜糖耶！推推酣睡的毛妹，毛妹睡意仍濃，咧著嘴要哭，右臉頰上的睡痕顯得更紅了。

　　巧玲哄著妹妹說：「不哭！姐給妳找糖。」巧玲知道現在還不是分喜糖的時候，只得吃力地揹起胖毛妹，讓她別哭，同時也為躲開鞭炮──她剛才打瞌睡的門柱，是雜貨店門邊堆放門板的地方，今日為容納賀客，門板都移往後院，這會兒門柱上已高掛著長串紅鞭炮。她喜歡看新娘但卻怕鞭炮，瘦小的身軀駄著妹妹移往馬路對面的空地，既可避開即將燃放的鞭炮，又有較寬廣的視野可看到雜貨店門前今天的熱鬧。

　　喜車進入巷口，她才看清楚搖頭奶奶今天妝扮得特別亮麗。巧玲聽父親說過，搖頭奶奶不到三十歲就守寡，今天要娶媳婦的兒子是她守寡後從二房過繼來的。眼看兒子快四十歲還沒成親，費好大勁找到這女孩，據說兩人相差十幾歲。

　　巧玲的父親是這條街公推的管事，這是個無薪職，推選出的都是有能力又正直的能幹人，巧玲的父親不但符合以上條件，更是滿腹經綸，既有口才又善於舞文弄墨，雖然脾氣較耿直，但仍受到街坊們愛戴。自太太去世後，他怕一雙女兒受苦，沒有再娶，父兼母職的辛勞贏得鄰居們更多愛戴，平日裡愛與他聊天的鄰居們，總和他聊得推心置腹。

　　「聽說新娘子是養女。」這是隔壁張嬸的聲音，原來不一會工夫，搖頭奶奶家前的空地已站滿鄰居。張嬸是街坊中人盡皆知的包打聽，巧玲每次站在婆婆媽媽身旁聽她們閒聊，總會聽到張嬸神神祕祕地說些她似懂非懂的閒言碎語。「她養母還算有良心，沒把她賣去當酒家女。」巧玲身後又傳來一陣議論。

　　新娘子被扶下車，新郎喜滋滋地攙著她被一群人簇擁進屋，巧玲終於被擠到放喜糖的桌邊，順手抓了一把放進兜裡，那一刻她真痛恨自己手太小，再抓上一把是為了妹妹，這是她一下午的盼望，終於如願。「不要擠！不要擠！」她揹著毛妹離開燠熱又水洩不通的堂屋，其實抓糖果比看新娘重要，她知道天天在這間雜貨店玩，看新娘的機會比別人多。

　　「少吃點，馬上要吃飯了。」爸爸邊忙廚房的事邊提醒這姐妹倆，但巧玲實在聽不進這些話，以往難得吃到的圓圓糖，沒有五彩糖紙包裹已十分誘人，如今面對這些好看又好吃的高級糖，要停止吃它們真難。但突然她心中閃出另一人影——梅子姐姐，如果她在，一定會教巧玲用糖紙為娃娃摺衣服。現在，她握著這些糖紙不知該怎麼辦。

　　梅子姐姐是巧玲的鄰居大姐，她家與巧玲相同，家中也只有兩姐妹。梅子姐姐的年齡比巧玲大許多，兩人卻能玩在一起，她

是巧玲童年重要又特殊的玩伴之一。梅子姐姐不但成績好也擅長
繪畫，特別愛畫紙娃娃，還愛為娃娃換裝。巧玲身體羸弱，不愛
活動，因而為紙娃娃換裝成為巧玲童年最大的愛好，她與梅子姐
姐的交情就更是要好。梅子姐姐常說：「巧玲！玩紙娃娃要常換
衣服才有趣。」自從梅子姐姐到台北念大學後，巧玲鞋盒中紙娃
娃就不再有新衣可換，今天看到五彩糖紙，想起梅子姐姐，心中
格外落寞。毛妹比她小五歲，平日常哭鬧給她添麻煩，只有和大
姐姐們玩才有意思。想著想著，直到毛妹跑來叫她吃飯，她才回
過神來。

　　第二天一大早巧玲就趕到雜貨店去看新娘子，搖頭奶奶對巧
玲說以後要叫她「小嬸」。年輕的小嬸姿色平平，尖下巴與小嘴
是她面部的特徵。巧玲乖巧地叫聲「小嬸」，聲調比搖頭奶奶的
廣西腔清晰，小嬸露出友善的微笑，兩人初次見面互相都留下了
好印象。

　　「巧玲啊！帶小嬸去市場逛逛。」搖頭奶奶對她說著，並
塞一捲紙票給新媳婦。巧玲心想，看來張嬸說的沒錯，小嬸懷孕
了，做婆婆的才會由著她上街買零食。其實小嬸只比巧玲大十歲
左右，卻即將升格做媽媽了。「看著她，不准她買不乾淨的東
西。」巧玲忽然覺得小嬸好可憐，不如她活得自在。

　　小嬸的臉色慘白，搖頭奶奶的臉色鐵青，這幾天巧玲在雜貨
店中不敢頑皮，她嗅得出這家人的氣氛不太對勁。巷口的三姑六
婆們說新媳婦流產了，巧玲只聽見搖頭奶奶不斷嘆息，對屋裡的
小嬸說：「好好躺著，看妳以後走路會不會小心點。」原來小嬸
是摔跤摔掉了孩子。

　　大半年過去了，天氣愈來愈熱，搖頭奶奶店裡的愛玉冰一

天要賣好幾盆，但她的臉卻陰沉如臘月冰霜。「聽說她洗完衣服站起來就出血了。」「我看她夫妻倆的血不配，才會懷一個流一個。」「唉！阿花真命苦啊！她婆婆不會再疼她了。」原來小嬸叫阿花，可憐她接二連三流產的不幸，卻成為街坊們茶餘飯後的閒話題材。

再見到小嬸時她頭上綁著圍巾，身上發出一股酸臭味，拿著一個瓷杯對巧玲說：「我吃不下，妳幫我吃好嗎？」巧玲搖搖頭，因為巷口的三姑六婆們說小嬸嬸身上有不潔物，不要靠近她。巧玲看著小嬸嬸兩眼發直地坐在小板凳上，雙唇無血色且已乾皺脫皮，覺得她好可憐，除自己外沒人願正眼看她。

又過了一陣子，聽說小嬸再度懷孕，但不久又傳來壞消息。「妳這死阿花，我們哪裡對不起妳，妳的肚子怎麼這麼不爭氣，懷一個掉一個。」搖頭奶奶罵人的聲調尖銳，頭也搖得更頻繁了。巧玲聽爸爸說搖頭奶奶從守寡後就得了搖頭的怪病，如今媳婦接連流產，她的怪病就更嚴重了。

那陣子的小嬸實在可憐，一人怯生生坐在院子發呆，穿了件滾邊的碎花上衣扣子跳漏一粒沒扣，眼角堆滿白垢，眼中布滿血絲，那副失魂落魄的神情任誰看了都難過，而唯一疼愛她的老公也只敢以關愛眼神望著她，彷彿與妻子太親近就對不起老娘。小嬸有隻耳朵聾了，聽人說話時總露出吃力的表情，將另隻耳朵往上仰，希望聽進所有的聲音，但這次她完全自我封閉，不再關心身邊任何事，這使她老公也慌了神。

「哎呀！聽說阿花又懷上了。」「是嗎？難怪這陣子盧奶奶臉色好多啦！」巷子裡這幾天最熱門的話題就是小嬸嬸的肚子。搖頭奶奶這次下了決心，讓媳婦躺在床上養胎，並叫遠嫁到台北

的親生女兒回來伺候大嫂。

　　巧玲覺得日子好無聊，以往還可和小嬸嬸玩，現在她被關在屋內，自己彷彿掉了魂。好在梅子姐姐回來了，但現在的她不太愛理巧玲，聽說她畢業後在美國公司上班，薪水以美金計算，人也就變得嬌貴了。「大姐！幫我洗衣服，我好忙。」巧玲在門外聽到這聲音，就知道找梅子姐姐畫娃娃玩的希望又落空了。只得巴望小嬸趕快恢復正常生活，她也好有個伴。

　　小嬸終於可起身了。「小心點！慢慢走。」「我知道！」隨著小嬸一天天隆起的肚子，搖頭奶奶的叮嚀與媳婦的回答，就成為雜貨店裡最響亮的對話。「巧玲啊！幫妳小嬸去拿個枕頭過來。」「巧玲啊！再幫妳小嬸倒杯水。」巧玲很樂意被如此使喚，因為這表示小嬸不必再受氣了。其實打從一開始，巧玲就是向著小嬸的。

　　「阿花的肚子爭氣啊！流了三胎後，一生就生個大胖兒子。」「盧先生，恭喜你啊！」這兩天整條巷子裡的女人們，若不談論阿花平安產子的消息，就顯得落伍了。盧叔叔成為眾人祝賀的對象，樂得合不攏嘴。巧玲也跟著瞎忙，一會兒跑市場，一會兒幫忙端茶送湯。做婆婆的不知如何表達自己的歡心，在巧玲看來她只是在盡量彌補之前的虐待。

　　「巧玲！陪小嬸去看電影。」搖頭奶奶是很會打算盤的，巧玲還不用買票，一張電影票兩人一起進去看，真划算。小嬸沒念過書，看不懂電影，只會不斷地問：「這是好人還是壞人？」巧玲看得入迷，還要小聲講解，儘管如此她還是很樂意陪小嬸看電影。只是她覺得小嬸這個母親做得好輕鬆，搖頭奶奶負責照顧孫子還要做飯，但總不忘對鄰居解釋：「我媳婦年輕，不會帶孩

子。」

「阿花又懷孕啦！」搖頭奶奶一手推著孫子的小搖椅，一手為孫子打扇子，嘴裡不停地向店裡的客人說著。小嬸在廚房忙做菜，她婆婆終於開始教她做家鄉菜，這顯示她在盧家的地位提升了。巧玲發覺自小嬸生兒子後，她的日子完全變了，如今懷了老二，她在夫家地位更穩固。巧玲更發現小嬸活得愈來愈自信，許久不見她低頭不語地呆坐，現在的她遇到得意事總習慣翹起下巴將頭側仰，一副萬事不求人的表情，與以往受氣小媳婦的可憐樣完全不同。

這胎懷得平安也生得順利，一個嬌滴滴的女兒出生後，小嬸儼然穩坐女主人大位，平日以照顧生意與料理家事為主，說話聲音也愈來愈大。搖頭奶奶忙著帶孫兒孫女，一年四季在店前的圍牆邊曬菜乾、醃泡菜、納鞋底，忙得不亦樂乎。小嬸很快又生了老三，說也奇怪，經歷三次流產後她愈生愈順利，又是一個大胖兒子。搖頭奶奶樂得逢人便說：「阿花真能生養啊！我孫兒孫女都有了。」完全不計較她以前不斷流產的往事。

面臨升學，巧玲的課業壓力愈來愈重，好久沒來和小嬸玩。自從她生老四後，日子更加忙碌，現在的她，是家中的發號施令者，四胎為盧家生了三男一女，她成了盧家的功臣。如今，任誰也看不出數年前她的落魄。「阿母！這些給妳帶回家。」她大聲地提醒養母別忘記將一些雜貨帶回家，都是她為弟妹準備的。「家裡還需要什麼，一定要告訴我。」小嬸的作風已十分幹練。上次巧玲去雜貨店玩，正好遇見小嬸的養母來看外孫，她的臉上總塗著厚厚的白粉，搖頭奶奶笑她像日本藝妓，但巧玲心裡對她充滿好感，因為她善待這位養女。

　　巧玲記得父親曾說過：「阿花這名字真土，但她的學名叫秋吟，多雅致。」巧玲心想，這麼好聽的名字，應該是為上學準備的吧？這使巧玲想起受過高等教育的梅子姐姐，她結婚了，嫁給她的美國老闆，那個和她父親差不多年齡的人。如果接受高等教育的結果只會使人更看重金錢，巧玲覺得她會比較喜歡沒念過書的小嬸，特別喜歡她的單純。

　　「我們要搬家了。」盧叔叔來向巧玲的父親辭行，其實他們沒搬多遠。結束了雜貨店的生意，小嬸的生活裡多出許多時間，她學會賺外快，織毛衣、縫手套，樣樣都精，做得既快又好。她家客廳牆上掛了個小黑板，密密麻麻寫滿阿拉伯數字。原來在經營雜貨店時，盧叔叔曾教小嬸認阿拉伯數字與記帳，現在對她賺外快大有幫助。

　　巧玲大學畢業後在北部工作，一年難得回一趟家，過年那陣子她回家，先跑去看小嬸。「巧玲啊！陪我去工地。」原來她訂了預售屋。「這是我為阿仁準備的。」小嬸說這話時向我眨眨眼，巧玲熟悉她這表情——有點得意又不願太招搖，因而沒多話只微微一笑。

　　阿仁是她的大兒子，巧玲記得阿仁似乎是小嬸命運中的福星，他的誕生停止了母親的厄運。每當搖頭奶奶推這金孫外出時，巷口的三姑六婆總不忘發表意見：「這是阿花的兒子啊！真看不出，長得很俊哦！」「盧奶奶，妳這媳婦不出色，這孫子可替妳長臉啦！」這些長舌婦的議論是傷不了小嬸的，她總是面無表情地看待別人的評論。

　　如今的阿仁才上高中，母親就急著為他購屋，他模樣雖俊但身子單薄，又深得老祖母疼愛，小嬸用私房錢為他置產，誰也沒

意見。阿仁的妹妹功課好，兩個弟弟身體好，他們的未來都不用小嬸操心。「這間靠邊光線好，我多花了兩萬塊。」「妳哪來這麼多錢？」「縫手套啊！」巧玲見過小嬸縫製手套的情形，真是既快又好，但沒想到小小手藝能為她賺得如此利潤。當年受盡欺侮的小媳婦，如今總攬家中財務大權，真佩服她的生財之道，但看她經常躬背後日漸變形的體形，還真心疼。

回台北後不久，巧玲接到父親的來信說，搖頭奶奶病了，是直腸癌，已送到台北去開刀。醫院離巧玲辦公室不遠，巧玲經常去探望，手術結束醫生為她做人工肛門。回到南部，搖頭奶奶脾氣愈來愈壞，小嬸總是逆來順受地伺候著重病的婆婆。「死阿花！要餓死我啊！」搖頭奶奶時常如此歇斯底里地大吼。巧玲的父親每天去看望老鄰居，總為小嬸所受的待遇嘆息，但她本人並不以此為苦。沒多久，搖頭奶奶過世了，小嬸的苦難結束後，她的日子依舊平淡地過著。

巧玲結婚後回到南部工作，請小嬸替她照顧兒子。每天黃昏巧玲的先生去接孩子總愛問：「小寶吃過沒？」小嬸歪著頭伸出食指回答：「吃了一碗。」日日如此，巧玲與丈夫戲稱她為「一碗保姆」。一晃三年過去了，巧玲決定要送孩子去念幼兒園，這時正好有家大型餐廳請小嬸去幫忙，她立刻答應並對巧玲說：「在餐廳工作真好！可帶剩菜回家吃。」巧玲非常擔心拿回家的剩菜不衛生，但卻無法說服小嬸。餐廳只請小嬸週末去工作，週日她想到另一副業以打發時間——製作「蒜蓉辣醬」送到市場去賣。這種辣醬的做法是小嬸她婆婆在世時教她的，加了豆豉與蒜末的辣醬味道更香，很受歡迎。巧玲偶爾也去買來贈送朋友。她見小嬸繫著圍裙、戴著口罩在廚房工作，那是間非常敞亮的廚

房，小嬸極愛這間工作室，由她閃亮的眼神，巧玲可看出小嬸熱愛烹飪，廚房正是她展現廚藝的舞台。看著她熟練的裝瓶手法，巧玲覺得小嬸身上有股勁兒，她的生活沒有煩愁，處理生活瑣事的手法很靈活，安排生活的方式也很有創見。巧玲甚至覺得自己十幾年的書都白讀了，有時解決生活困境的能力還不如小嬸。

　　大約兩年後的一個夏夜，此時的巧玲已離婚，獨自扶養小女兒，接到小嬸的電話，她在電話中報喜說：「阿仁要結婚了，我要忙一陣子，已辭掉餐廳工作也不賣辣醬了，給妳留了些，有空來拿。」巧玲想，真該去看看小嬸了。

　　「阿花！恭喜妳當婆婆了。」替兒子辦喜事那天，老鄰居都來賀喜。「新娘子好漂亮！」不斷的讚美與道賀聲，使小嬸感到快樂極了。其實新娘子已懷孕，沒多久就替小嬸生了個孫女。孩子滿月後，媳婦湘琴在工廠上班，兒子也順利當上警察。雖然小嬸早已替他們買好房子，但他們仍與兩老同住。小嬸每天推著孫女買菜、逛街，南台灣整年炎熱，她總愛穿條七分褲出門，走到攤位前買好東西就蹲下來看看推車裡的小孫女。從認識小嬸以來，巧玲最熟悉的就是她這個姿勢，土氣又欠文雅，土得就像她的名字「阿花」，但她不在意，因為這就是她最真實的面貌，更何況此時是她此生最快樂的時光。

　　沒多久，湘琴又懷孕了。一個暴風雨的夏夜，小嬸打電話給巧玲，哭著說：「阿仁病了，在警局做早操時暈倒，檢查結果是肝癌。要瞞著湘琴，因為她懷著身孕。」這些年巧玲已習慣分擔小嬸家中的一切，無論喜事或煩惱，小嬸總先告訴她。如今將面臨喪子之痛，小嬸如夜行於暴風雨中的迷途者，迷惘、驚恐、沮喪。聽說是肝癌，巧玲不由想起小嬸從餐廳中拿「菜尾」回家的

那段日子，若阿仁的絕症是那時種下的禍因，可真是太遺憾了！巧玲趕回去看小嬸時，她已瘦了一大圈，那副失魂落魄的模樣，令巧玲想起她年輕時連續流失孩子的情形，心中頓生不祥預感。瞞著兒子媳婦的日子不好過，見到巧玲，小嬸一頭哭倒在她懷中。巧玲輕拍著她的背脊，手指觸到她脊骨時有種如觸電般的驚恍感，小嬸形體的消瘦是來自內心的煎熬，白髮人送　髮人的悲哀澈底擊垮了她對生活的信心。阿仁走得很快，快得就像他活在世上的歲月，只有短短二十九個寒暑。

不久，巧玲再婚移民美國。每遇暴風雨的夜晚，她總特別想念小嬸。打電話和她聊聊，她說：「湘琴很乖，守著一對女兒，不打算再嫁。可憐啊！她才二十六歲。」巧玲每想到小嬸的際遇，總替她悲哀——年輕時一連流失胎兒的不幸使她陷入莫名恐懼，她常去拜祭亡嬰以求心安，卻在步入老年時又遭遇喪子之痛。自巧玲認識小嬸以來從未見她述說自己內心苦楚，但這不代表她不苦，只是巧玲還沒發現她是以何種方式排遣內心的苦楚。

一晃十多年過去了，如今的小嬸獨居在大樓中，湘琴已帶著孩子搬出去住。巧玲回國探親，順便去看小嬸，她沒先通知，所以撲個空。在回程中，她滿腦子都是小嬸的影了——一位令她念念不忘的故人。

無法實現的心願

自懂事以來，雪盈就沒見過母親，甚至連母親的照片也沒見過。上學後雪盈最怕寫的作文題目就是〈我的母親〉，因她對自己的母親毫無印象，於是問父親該如何寫這篇文章。父親的反應總是這樣：先以平和語氣告訴她，然後愈說愈氣，最後破口大罵，結果是作文沒寫成，雪盈卻哭成淚人。年齡漸長，雪盈從父親的言談中聽出端倪，母親的離家是一種背叛，傷了父親也毀了這個家。同時雪盈也從父親的隻言片語中拼出一幅母親的模糊影像：母親個兒不高，有雙大眼睛，離家後到台北，原本幫傭，後來自己經營裁縫店，但地段欠佳，生意冷清。如此的訊息為雪盈帶來無限希望，她暗自盤算，心中萌生小小計畫，她要考國防醫學院的高護班，到台北念高中，既可為家中節省學費又可及早到台北念書，實現尋找母親的願望。

每年母親節她都不準備康乃馨，因為不知該戴什麼顏色——母親尚在人世，她不該戴白花，但母親的身影是模糊的，她無從追憶。愈是如此她愈渴望見到母親，努力用功念書成為她生活的重心，因為那是她找尋母親的唯一途徑。成績名列前茅的雪盈覺得母親的身影雖然依舊陌生，但距離卻近多了。

那是一個悶熱的週末，為準備月考，雪盈將自己關在房中苦讀。日落時分，她出外散步，順便到洗衣阿嫂家拿回已洗好的衣服。洗衣阿嫂是位藏不住話的直性人，將她拉到房間嚴肅地說道：「雪盈！妳母親死了，死於意外。」雪盈被這突如其來的消

息驚呆了，心中母親的模糊影像瞬間變得支離破碎，死亡與失望令她舉步維艱，她甚至不記得自己是如何回到家中。本來就不擅偽裝的雪盈，面對這突然事件更是滿臉哀戚，冒著挨罵的可能，她決定要向父親求證這個悲劇。結果父親沒罵她，只淡淡說道：「本來我想等到妳考完試再告訴妳。」從那一刻起，雪盈腦海中母親的身影再也無法顯現。

月考後，父親在家中設置簡單靈堂，正式向她與妹妹宣布母親的死訊，她哭得昏天黑地。到台北尋找母親的心願破滅，生活頓然失去目標，她不知以後活著為啥！再看看老淚縱橫的父親，她意識到父親仍愛著母親，這使雪盈嚐到心碎的滋味，當年她還不到十四歲。從此她與父親的對話中增加了母親這話題，

彷彿人死後一切的恨也消逝。多年後，父親從母親的姐妹淘中打聽到母親的墳地，在六張犁的斜坡上接近大馬路，父親決定為母親揀骨後安置到靈骨塔。於是他搭上此生最後一趟從高雄到台北的列車，去為母親揀骨。當葬儀社工人挖出母親的骨骸時，雪盈發現泥土中尚未腐朽的衣服中，有一片熟悉的色澤——她想起來了，那是父親枕頭內的衣物，原來父親對母親是如此情深！望著混在濕泥土中母親的骨骸，雪盈的淚水再也止不住了。自那時起，雪盈仍常思念心中影像模糊的母親，想起自幼伴隨她要尋找母親的心願再也無法實現，她的心總會感到好疼好疼，其中還有一份疼痛是為父親那份隱藏思念的痛。

舐犢情深

　　Grace認識Linda已二十餘年，那時她們在同一跳蚤市場擺攤，Linda很愛串門，生意清淡時總來與Grace聊天，聊她的個人生活、生意和女兒。她們都來自台灣，有共同語言，但總是Linda說得比Grace多。

　　Linda身材嬌小，布滿皺紋的臉上常掛笑容，有過兩次婚姻的她生財有道，手邊有數棟出租房。跳蚤市場只在週末營業，其他時間Grace忙著兼差打工，Linda卻忙著上賭場，雖賭運欠佳但從不懊惱，唯獨說起大女兒小芬時面露憂色。

　　有個週末，生意較清淡，Grace以為Linda會過來聊天，直到快打烊還未見她的蹤影，Grace有些掛念，遂走到Linda攤位前，一看嚇壞了——原可容下五六位客人的空間堆滿雜物，別說客人無法入內，就連Linda自己也陷在雜物堆裡！看來她需要幫忙，Grace決定提前打烊去幫她。

　　Linda的攤位本就雜亂無序，Grace幫她搬移擺放地上的貨物，還沒開口問她為何店裡一團亂，就聽她不停責罵小芬。原來沒經同意，小芬就用母親的錢買了一家結束營業商店的庫存貨，而且是一批受騙而來的滯銷貨。Grace不了解這母女間發生何事，只在心中暗暗疼惜這位辛苦的母親。

　　Linda和Grace愈來愈熟絡，她開始向Grace說起自己的身世。原來Linda是台灣某國立大學外文系畢業的高材生，曾擔任過空姐。Linda比Grace年長，Grace猶記得那時代能進入空姐這

行業的女孩多受人羨慕，但如今Grace從Linda的衰老容顏中已無法讀出昔日的光鮮亮麗。婚後與夫婿來美定居的Linda很有幫夫運，生下兩位漂亮女兒後，隨著夫婿做貿易很有成就；可惜就在大女兒念高中時，她的丈夫死於胃癌。天性樂觀的Linda一肩扛起家計，照顧孩子與丈夫創下的事業，本可順利將孩子扶養成人，不幸她在談一筆外銷訂單時，輕信同鄉建議，違反合約，慘遭退貨罰款，迫使她廉售公司，但靠著積蓄與丈夫早年買下的出租房產，自己再做點小生意，也就把孩子扶養成人了。生活負擔減輕以後，她也找到對象開始她的第二段婚姻生活。誰知她這段婚姻一直遭到小芬的反對，不久，吵鬧不休的小芬終結了她這段短暫的婚姻。

沒多久，Grace與先生在Mall（購物中心）裡找到店面，要搬離跳蚤市場，Linda決定盤下Grace的兩個攤位，她喜歡Grace這個市場中央的好位置與規劃整齊的擺設。Linda說要將她原有的貨併過來，大女兒小芬可幫忙顧店，說著說著眉頭緊鎖，喃喃自語道：「她又被公司解聘，看來我還要再賣一個出租房。」我在心中再度畫下問號，小芬為何如此令母親憂愁？

在Mall裡的店開張後，Grace和Linda仍保持聯絡，她們通電話的內容仍脫離不了Linda對小芬的抱怨，令Grace感到小芬身上有Linda不願對她傾訴的苦衷。不久，Linda對Grace說，她又賣了一個出租房，在一個較次等Mall裡買下一家經營玩具與成衣的店面，將跳蚤市場的生意交給小芬打理。她說：「其實買下Mall裡這家店是小芬的主意，她答應我週末照顧跳蚤市場，週日來看管這個店，我還是有時間去賭場玩的。」Grace從她說話的語調中感受到Linda對未來的期待——她期待女兒的承諾這次能實現。

　　一天，Grace接到Linda的求救電話，她要去醫院看病，請Grace幫忙她看一會兒店。Grace知道她又有麻煩了，匆忙交代店員後趕過去幫忙。Linda的店面依舊雜亂，因為以賣玩具為主，每個角落都有小客人的身影，照顧起來一刻也不能鬆懈。Linda從醫院回來告訴Grace，她得了膀胱炎，因為店裡沒幫手，她連抽空上洗手間的空檔都很難尋覓。小芬又食言了，花大把銀子買下的店面，卻沒有足夠利潤請幫手，Linda的苦楚Grace了解。這次不同於以往，Linda沒數落小芬的不是，只是雙眉緊鎖。

　　數月後，Linda又向Grace叫貨，Grace送貨時見到的Linda彷彿歷經浩劫。追問後得知，小芬不但不願幫母親照顧Mall裡的生意，還向國稅局反映該查Linda的稅，此事真傷Linda的心。查稅結果Linda全無問題，但小芬這種不可理喻的行為，使Linda也意識到女兒可能病了。

　　也曾是單親母親的Grace很理解Linda的心情，建議她陪小芬去看心理醫生。Linda面無表情地聽Grace說話卻不作答，似乎有難言之隱。也許Grace的建議惹得Linda對她有所顧慮，不願再與Grace多談她與小芬間的衝突。隨著Grace家生意的擴展，Linda逐漸成為Grace心中掛念卻不再常見面的朋友。

　　一晃七、八年過去了。頭年元月，Grace匆匆結束營業，將剩貨存放在租來的倉庫中——只付租金不營業是商者大忌。Grace又想起Linda，希望她能盤些存貨，聯絡結果得知她已關掉Mall裡的玩具店，又回到跳蚤市場去擺攤。

　　再次見到Linda的Grace很是開心，多年不見的Linda臉部光潤不少，皺紋消失顯得年輕許多。詢問後得知Linda接受「肉毒桿菌」的治療，看她這張光滑的臉可見Linda目前狀況不錯。寒

　　晴後言歸正傳，聽說Grace結束營業，Linda彷彿憶起往事，她對Grace的來意沒興趣，卻急於告訴Grace：「我女兒的病能治得好，她真可憐，以前我總錯怪她。」

　　也許因為Linda曾和Grace談論過小芬過去的失常行為，故而此刻她急於告訴Grace小芬的近況。當然，Grace也很關心小芬的現況。Linda說，自從小芬向國稅局告發親人的奇怪行徑後，Linda開始懷疑小芬真病了。早些年小芬因常與同事口角而無法正常工作，並與先生經常爭吵而離婚，Linda還不以為意，常斥責小芬而造成母女不合。事後小芬變本加厲刁難母親，視母愛親情如無物。終於Linda去向心理醫生求助，詳細敘述小芬的脫序行為，並告訴醫生她家人有精神病病史，因此醫生研判小芬可能背負了這不幸的遺傳，Linda含淚離開診所。其實她心中有數，故而這些年對女兒的反常行為多所容忍。

　　至此她決定將店面低價盤售，全心照顧女兒就醫並照料外孫女。因為恰當的藥物治療與母親的呵護照顧，小芬的病情逐漸好轉。當然，這是Linda辛苦五六年的結果，Linda開心地與Grace分享她照顧病女的成果，眼中只有欣喜沒有怨嘆。

　　Linda又道，為照顧病女與小孫女，她無心看顧跳蚤市場的攤位，為負擔昂貴藥療費及祖孫三人的生活費，這幾年她陸續變賣所有出租屋，但全無怨言。她總說女兒可憐，遺傳這病症以致無法正常社交與工作，這些房產既是亡夫遺產，用來醫治女兒的病也是用得其所，她堅定語氣中慈母之愛表露無遺。她又說，女兒現與外人相處能力雖不足，但工作能力已恢復，可在家中上班，生活有寄託情緒更穩定，Linda認為這是最完美結局。

　　兩人談話已近尾聲，Linda表示最近將出清跳蚤市場存貨，

該退休了，不想再多添貨物，這次無法幫Grace。

　　走出跳蚤市場，Grace心情仍難平復，想到半生辛勞的Linda，她終於苦盡甘來，也提醒自己要珍惜所擁有的幸福。

語言文學類　PG2048　北美華文作家系列21

歸人絮語

作　　者／陳玉琳
責任編輯／杜國維
圖文排版／楊家齊
封面設計／孫淑芳
封面完稿／葉力安

發 行 人／宋政坤
法律顧問／毛國樑　律師
出版發行／秀威資訊科技股份有限公司
　　　　　114台北市內湖區瑞光路76巷65號1樓
　　　　　電話：+886-2-2796-3638　傳真：+886-2-2796-1377
　　　　　http://www.showwe.com.tw
劃撥帳號／19563868　戶名：秀威資訊科技股份有限公司
　　　　　讀者服務信箱：service@showwe.com.tw
展售門市／國家書店（松江門市）
　　　　　104台北市中山區松江路209號1樓
　　　　　電話：+886-2-2518-0207　傳真：+886-2-2518-0778
網路訂購／秀威網路書店：https://store.showwe.tw
　　　　　國家網路書店：https://www.govbooks.com.tw

2018年6月　BOD一版
定價：350元
版權所有　翻印必究
本書如有缺頁、破損或裝訂錯誤，請寄回更換

國家圖書館出版品預行編目

歸人絮語 / 陳玉琳著. -- 一版. -- 臺北市：秀
　威資訊科技, 2018.06
　　　面；　公分. -- (語言文學類；PG2048)
(北美華文作家系列；21)
　　BOD版
　　ISBN 978-986-326-557-3(平裝)

855　　　　　　　　　　　　107006705

讀 者 回 函 卡

感謝您購買本書，為提升服務品質，請填妥以下資料，將讀者回函卡直接寄
回或傳真本公司，收到您的寶貴意見後，我們會收藏記錄及檢討，謝謝！
如您需要了解本公司最新出版書目、購書優惠或企劃活動，歡迎您上網查詢
或下載相關資料：http:// www.showwe.com.tw

您購買的書名：＿＿＿＿＿＿＿＿＿＿＿＿＿＿＿＿＿＿＿＿＿

出生日期：＿＿＿＿＿年＿＿＿＿＿月＿＿＿＿＿日

學歷：□高中 (含) 以下　　□大專　　□研究所 (含) 以上

職業：□製造業　□金融業　□資訊業　□軍警　□傳播業　□自由業
　　　□服務業　□公務員　□教職　　□學生　□家管　□其它＿＿＿

購書地點：□網路書店　□實體書店　□書展　□郵購　□贈閱　□其他

您從何得知本書的消息？

　　□網路書店　□實體書店　□網路搜尋　□電子報　□書訊　□雜誌

　　□傳播媒體　□親友推薦　□網站推薦　□部落格　□其他＿＿＿＿＿

您對本書的評價：(請填代號　1.非常滿意　2.滿意　3.尚可　4.再改進)

　　封面設計＿＿＿　版面編排＿＿＿　內容＿＿＿　文／譯筆＿＿＿　價格＿＿＿

讀完書後您覺得：

　　□很有收穫　□有收穫　□收穫不多　□沒收穫

對我們的建議：＿＿＿＿＿＿＿＿＿＿＿＿＿＿＿＿＿＿＿＿＿

＿＿＿＿＿＿＿＿＿＿＿＿＿＿＿＿＿＿＿＿＿＿＿＿＿＿＿＿＿

＿＿＿＿＿＿＿＿＿＿＿＿＿＿＿＿＿＿＿＿＿＿＿＿＿＿＿＿＿

＿＿＿＿＿＿＿＿＿＿＿＿＿＿＿＿＿＿＿＿＿＿＿＿＿＿＿＿＿

11466
台北市內湖區瑞光路 76 巷 65 號 1 樓

秀威資訊科技股份有限公司　　　收

BOD 數位出版事業部

....

（請沿線對折寄回，謝謝！）

姓　　名：_____　　年齡：_____　　性別：□女　□男

郵遞區號：□□□□□

地　　址：_____

聯絡電話：(日) _____ (夜) _____

E-mail：_____